诗学漫步

贡立人 ◎ 著

山西出版传媒集团　北岳文艺出版社
BEIYUE LITERATURE & ART PUBLISHING HOUSE
·太原·

图书在版编目（CIP）数据

诗学漫步 / 贲立人著. -- 太原：北岳文艺出版社，
2025. 1. -- ISBN 978-7-5378-6995-9

Ⅰ．I207.2

中国国家版本馆 CIP 数据核字第 20246R6M54 号

诗学漫步
SHIXUE MANBU

贲立人 / 著

//

出品人 郭文礼	出版发行：山西出版传媒集团·北岳文艺出版社
	地址：山西省太原市并州南路 57 号
选题策划 李向丽	邮编：030012
	电话：0351-5628696（发行部） 0351-5628688（总编室）
	传真：0351-5628680
责任编辑 李向丽	经销商：新华书店
	印刷装订：武汉鑫佳捷印务有限公司
装帧设计 杨凤玲	开本：787 mm×1092 mm　1/32
	字数：150 千字
印装监制 郭　勇	印张：8.75
	版次：2025 年 1 月第 1 版
	印次：2025 年 1 月湖北第 1 次印刷
	书号：ISBN 978-7-5378-6995-9
	定价：69.80 元

本书版权为本社独家所有，未经本社同意不得转载、摘编或复制

贲立人（1936—2023），安徽当涂人，大学中文系毕业，曾长期从事语文教学工作。曾为世界华文当代诗学会会员、国际炎黄文化研究会会员、中国乡土作家协会理事。对文艺理论、诗学发展史有深入研究，尤好唐宋文学。发表诗歌、散文、短篇小说、语文教学论文数篇。出版的著作有《诗苑散步》《诗歌赏析与诗艺漫谈》《诗品试译及其它》《诗说及其它》《诗歌修辞例谈》《诗歌结构漫论》。曾获中国乡土文学奖、首届龙文化金奖、中国青年批评家中心颁发的优秀作品奖、马鞍山市第三次社会科学优秀成果奖。

书前片言

荷尔德林说:"人应该栖居在诗意之中。"此话在理,对我启迪颇大,于是乐意捧读古今诗章,再三体会诗意。我徜徉在诗苑中,有了心得,则欣然命笔,已撰百篇短文。现将这些短文结集成册,希望能出版,更希望读者阅后有收获。果能如此,我也就心满意足了。至于此书中的不妥之处,敬希读者指正,以便修订。

贲立人

二〇二〇年夏于当涂简朴斋

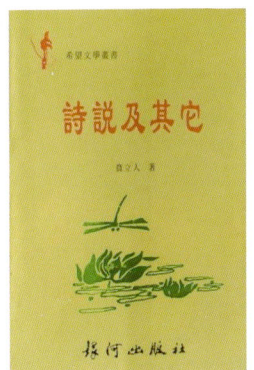

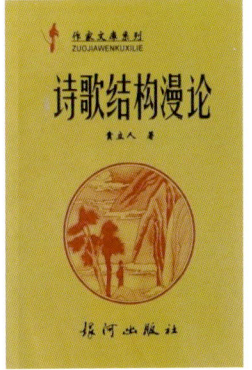

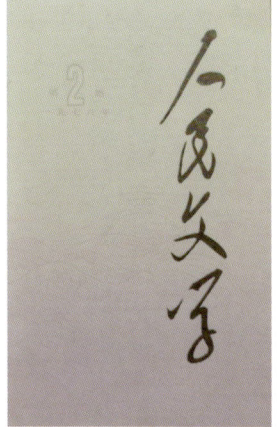 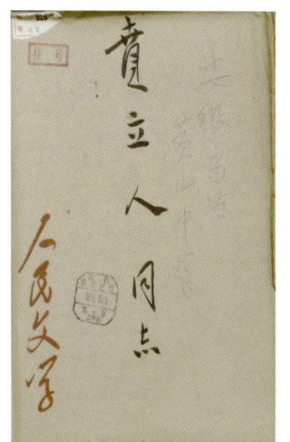 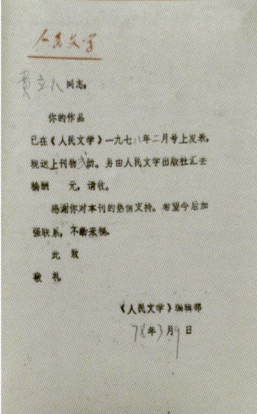

规矩与变化

贡立人

鲁迅说:"散文是走路,诗是跳舞。"(《野草》)这句话,鲜明地表达了两点:一、散文与诗各自的特色;二、散文与诗的相互关系。诗既然是"跳舞",那么,跳舞就要符合规律。没有规律的蹦跳,变化越多,就越杂乱。符合规律的跳舞,越富有变化,就越优美动人。常言道:"没有规矩,不成方圆。"写诗何尝不是这样呢?因此,写诗,不得不在规矩绳墨上加以注意。但不可拘泥不化,所谓"规矩备具而能出于规矩之外,变化不测亦不背于规矩"。只有这样,才能达到于严整之中仍有纵横变化,于纵横变化之中见其严整的境界。

毛主席给陈毅同志谈诗的信发表以后,对文艺界是个极大的鼓舞。如何从民歌中吸引养料和形式发展新体诗歌的问题,引起了人们的重视。作为读者,我们迫切希望看到诗歌的婀娜多姿的"跳舞"。

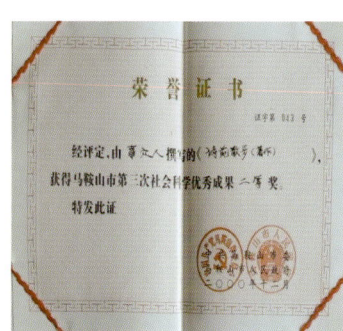
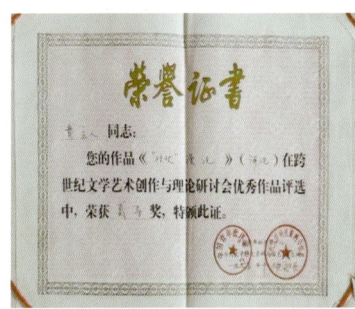
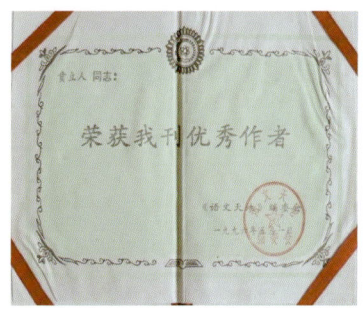
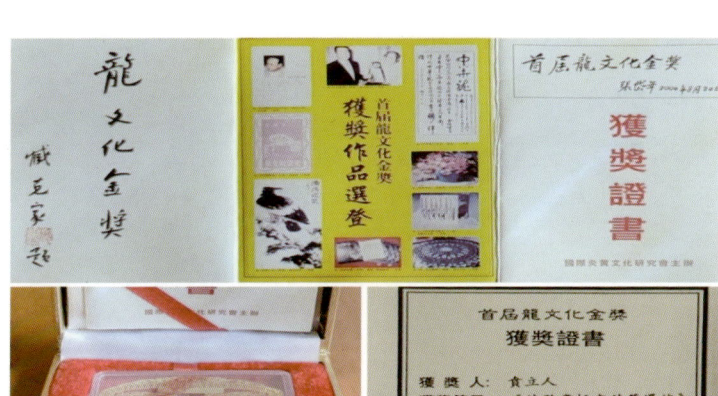

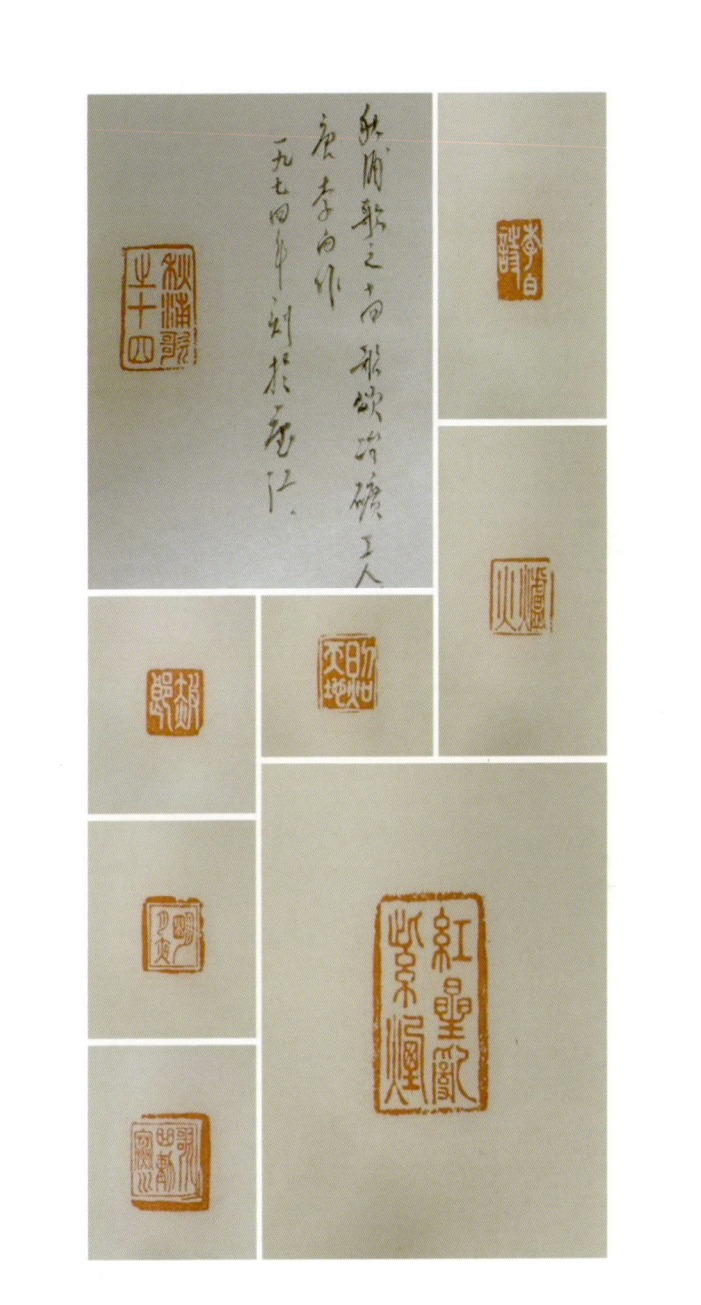

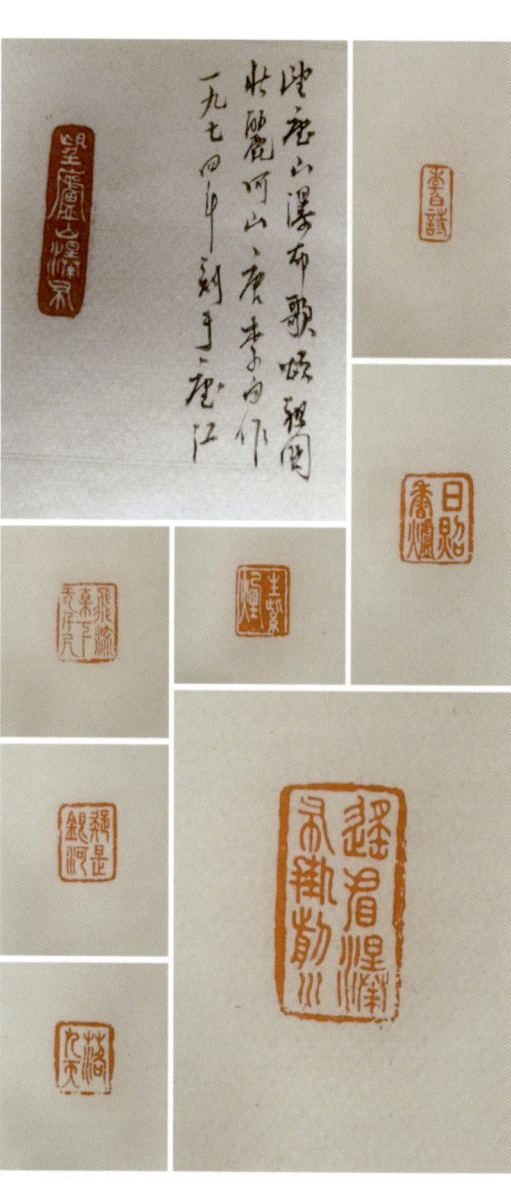

序 言

中国传统文化的继承和传播除了依赖士大夫,还在很大程度上依赖社会基层的知识分子,他们散布于城镇和乡村,在私塾授课之外,往往依托本人的身份,言传身教,为弘扬中国传统文化发挥了不可磨灭的作用。他们一般被称为乡贤。

乡贤不仅德行高尚、为人正直,被乡邻所尊敬,更因其对中国传统文化的执着和热爱,从而有着丰富的精神世界和超脱的情怀。

贲立人老先生就是可被称为乡贤的人,虽然他出生在旧社会,但是受过新式教育。老先生一九六〇年毕业于合肥师范学院中文系,后任中学高级教师。一直扎根于城乡中,长期从事语文教学工作和文学理论研究,擅长诗歌赏析。因他身上具有的特质,我愿意尊称他为乡贤。

中国是诗歌大国,诗歌在文学中一直占据着非常重要的地位,国人对传统文化的热爱一般也会体现在对诗歌的钻研和体悟上。老先生毕生都对诗歌有着虔诚的膜拜,迄今为止出了六本有关诗歌欣赏与理论的专著,无不体现了他对诗歌的喜爱和独特体悟。我有幸拜读了他的第七本诗歌赏析专著《诗学漫步》，并为之作序。

读罢老先生的专著，心中平添敬意，虽然我和他从无交集，但读文如知人，仿佛看见一位身着长衫踱步于山水之间的老者，面容清癯，神情淡然，眼睛莹然有光，时而低首吟哦，时而目送归鸿。

《诗学漫步》中的每篇文章写得都不长，但言之有物，短小精练，可谓精华所在。相比某些长篇大论、空洞无物的文章，它让读者在最短时间内获取了最大的教益。

你要是以为这些短文只是一点小情怀的抒发，或只是微不足道的小感悟，那就错了。文章虽短，信息量却不小，不能说旁征博引，但可说内容丰富，充满趣味性、知识性和学术性。

试举一例。就拿《艺术的生命》这篇文章来说，八百多字的短文，为了说明艺术的生命在于深刻的思想和崇高的激情，老先生不仅引用了法国画家安格尔的话，还举了美国女诗人威尔柯克斯的例子，最后以王安石和范仲淹的两首诗来详说。因为不长，读罢让人感觉兴致方起，又戛然而止，犹如舌尖刚尝到美味，又无物可食，让人回味无穷。

《诗学漫步》中的每一篇文章大抵如此。读老先生的文章，感觉他似胸有百万兵，点兵布阵，随意一指，已蔚然天成。他博览群书，名人观点、佳句名篇皆信手拈来，不生硬不突兀。可贵的是他不掉书袋，不炫耀不卖弄，都是为文章主旨服务。老先生通达乐观，思想不迂腐不固执，古今中外，皆有所猎，既不薄今厚古，也无中外之见。读者在欣赏诗歌之余，更大的收获是世事洞明后的人生感悟。

贡立人老先生已经仙逝，其子贡海鹏遵父之遗愿，为其最后文章整理出版做出了不懈的努力。海鹏的孝心也从一个侧面反映了中国传统美德，正是其文润德泽，也让我们有幸读到这本书。

马鞍山市作家协会主席 韦金山
二〇二四年三月十三日

目 录

诗本是发明的事业	1
伟大的诗	3
艺术的生命	5
诗词要有意味	8
诗从何处寻？	10
研究自然，描写自然	12
诗道亦在妙悟	15
诗的语言	18
不可为乡愿之诗	22
不要被成见束缚	24
作诗须炼意	26
文艺的根柢	29
审美眼光	31

要用纯真无邪的目光	33
艺术真实	35
心灵的眼睛与激情	37
艺术心理与艺术手法	39
化平常为美妙	41
心想情味	44
须借助图画音乐	46
表现特征	48
高度的美	51
想象之境	53
将读者引入未知的境界	55
动态美	60
有生命的形式	63
美在关系	65
妙在曲折	67
留下空白	70
味欲其鲜	73
梦与创作	75
梦的作用	79
记忆的作用 时间的作用	83
诗善醉	88

诗与历史	90
咏史	92
咏物	94
两首咏物诗	96
不要用"空浮"之语	98
要有独特的使用语言的方式	101
词句的超常搭配	103
诗要有暗示性	107
诗中议论	110
比较和对比有力量	113
诗句的弹性	116
句式的对称与非对称	119
欢愉之辞也可工	123
要重视修改	125
诗重发端	128
要讲究结尾	132
色彩字的运用	134
情境	136
情趣见于声音	139
实感　灵感	140
感觉	141

心声之摄影	143
表现心感	145
独特的感觉　独特的表达手段	149
敏感	152
平凡事物也有引人入胜的一面	157
留意日常生活细节，写小题目	159
意象叠加	161
词的妙用	164
以形写神	168
形式	171
诗贵含蓄	175
精练	177
炼字	179
柳宗元的《渔翁》有"奇趣"	181
王湾的两首五言律诗	183
常建的一首山水诗	186
一声浩叹成绝唱	188
鹤引诗情到碧霄	190
一首有"象外之象""味外之旨"的小诗	192
一首辛词的章法	194
秦观《踏莎行》结句	196

人比黄花瘦	198
一首郑板桥的题画诗	200
一枝一叶总关情	202
朦胧诗	204
意象朦胧	206
诗的朦胧美	210
一首白居易写的朦胧诗	213
新诗改罢自长吟	216
人化了的花鸟	217
朱门酒肉臭	219
试解杜诗"还家"句、"畏我"句	220
对诗的解说要合情合理	222
一时兴到语	225
月光下的诗翁	227
李白的"识见"不污下	230
饮酒作诗	232
诗词难译	234
译诗的方式应有多种	236
李杜诗篇仍新鲜	238
刘半农的《情歌》及其他	239
曹雪芹也是杰出的诗人	242

《长恨歌》的主题思想　　　　　244

杜甫《戏为六绝句》简释　　　246

后记　　　　　　　　　　　　253

诗本是发明的事业

郭沫若说:"诗本是发明的事业,首首诗都要有前人未到的境地。"此话在理。就诗歌创作而言,所谓发明,就是抒情、写景、叙事、说理具有独创性。换言之,发明就是"言人之不能言,发人之所不能发"(叶燮《原诗》)。诗人要有所发明,就必须具备主观方面的条件——"才胆识力"。胆识最重要,因为诗人有胆识,才会有艺术创新精神,才敢于独立思考、自由创造。诗人无胆识,就会丧失创新的勇气,写作时畏首畏尾,"笔墨畏缩""笔墨不能自由"(叶燮语)。当然写不出新颖的激动人心的作品。

下面举例简言之:

"举杯邀明月,对影成三人。"([唐]李白《月下独酌》)写出这样的奇思妙想,就是发明。

"白发三千丈,缘愁似个长。"([唐]李白《秋浦歌》之十五)运用这样奇妙的夸张,就是发明。

"欲穷千里目,更上一层楼。"([唐]王之涣《登鹳雀楼》)写出这样有哲理、含豪情的语句,就是发明。

"洛阳亲友如相问,一片冰心在玉壶。"([唐]王昌龄《芙蓉楼送辛渐》)运用这种含蓄蕴藉的新奇的表现方式，就是发明。

"好是春风湖上亭，柳条藤蔓系离情。黄莺久住浑相识，欲别频啼四五声。"（［唐］戎昱《移家别湖上亭》）写出这样富有情趣的妙境，就是发明。

"欲把西湖比西子，淡妆浓抹总相宜。"（［宋］苏轼《饮湖上初晴后雨》）用这样新奇的比喻，就是发明。

"有的人活着／他已经死了；／有的人死了／他还活着。"（臧克家《有的人》）说出这样精警的含哲理的话，就是发明。

伟大的诗

刘若愚在《中国诗学》里说:"伟大的诗总是把我们领入使我们感到惊讶甚至震撼的新境界而因此扩展我们的感性,次等的诗则只能为我们创造出熟识的境界而因此只确认我们原有的经验,给我们以认识的满足感。"此话虽不无道理,但有缺陷。震撼心灵的新境界,诚然是构成伟大诗歌的要素之一,但仅仅有这一个要素是不够的。须知,构成伟大诗歌还有一个要素,那就是爱国主义。"大家知道,中国文学中的爱国主义传统的开端,是与伟大的屈原的创作紧密地联系在一起的。在屈原的作品里,体现着诗人对自己的祖国和人民的热爱"(毕达可夫《文艺学引论》)。就拿《离骚》来说吧,《离骚》不仅是屈原最杰出的代表作,而且是中国和世界诗史上最伟大的抒情长诗之一。屈原写《离骚》,大量历史神话传说、历史人物、奇景妙境、美人芳草、日月风云、山川流沙,构成异常雄奇壮丽的图画,诚然能"把我们领入使我们感到惊讶甚至震撼的新境界"。虽然如此,但读者们深知,这首诗感人至深的主要原因是洋溢着热爱祖国、热爱人民的伟大感情。可以肯定:"只有具有那样热爱祖国坚持理想的最充沛和最激烈的感

情,才能写出这样伟大的篇章来。"(余冠英主编《中国文学史》)

艺术的生命

法国画家安格尔曾说:"艺术的生命是深刻的思维和崇高的激情。"这一看法是对的,因为深刻的思维和崇高的激情决定作品的意义和价值。平庸诗人的作品,其内容是平庸的、空虚的,毫无思想性。二十世纪初,有一位美国女诗人,名叫威尔柯克斯,就是一位生前诗作多、死后没有什么名声的"平庸诗人"。她作诗不是有感而发,而是有钱而发。无论哪个商人肯给她钱,她即使没有切身感受,也愿意为之赋诗。她只是按照商人的意图来写,丝毫没有自己的感受,更谈不上有思想性。这种纯粹为了金钱而挤出来的诗,哪有什么生命力可言?必然要被历史淘汰。

作品具有深刻的思想性和崇高的激情,其艺术生命力就历久不衰。请看:

飞来山上千寻塔,闻说鸡鸣见日升。
不畏浮云遮望眼,自缘身在最高层。
——[宋]王安石《登飞来峰》

诗人王安石登上飞来山上的高塔,顿生豪情,抒发感慨——登高远眺多好！能看清远景、辨明方向，有"浮云"，也不怕，它遮不住登峰之人的眼睛。"浮云"喻"邪臣蔽贤"。"身在最高层"含两层意，既指站得高、看得远，又指德才卓绝。德才优秀，就不怕小人毁谤；高瞻远瞩，才能看清形势。这就是此诗告诉我们的真理。此诗向来得人称赏，因为它表述了真理。

请再看：

素心爱云水，此日东南行。

笑解尘缨处，沧浪无限清。

——[宋]范仲淹《出守桐庐道中十绝》（其八）

此诗写的是赴桐庐途中的心情。首问"素心爱云水"，直接点明主题，抒写对"云水"的一往情深。次句写今日前往"云水"之乡，夙愿得偿。在第三句里，诗人下一"笑"字，凸显喜悦之情。为什么要"笑"？第四句说明原因：因为沧浪之水无限清，正好洗濯沾满尘垢的帽缨，一身清净，岂不惬意！从字里行间可以看出，诗人很爱今日之云水，而憎昔日之尘污，诗人爱云水之清洁，正是憎官场之污浊，他想要用沧浪之清水洗净污垢，做一个清白、干净的人。此意至为清楚,很有积极意义。范仲淹是北宋正直敢言的清官,也是著名的诗人、词人及散文家,其作品具有深刻的思想性,富有魅力。

诗词要有意味

清代有四派诗论：王士禛的"神韵"说、沈德潜的"格调"说、袁枚的"性灵"说、翁方纲的"肌理"说，这四说各有所长，各有所短。到了清末民初，王国维提出"境界"说——"词以境界为最上"。此说一经提出，就得到许多文人的认可，并产生了深远的影响。先前我也赞成境界说，后来我阅读了英国文艺评论家贝尔的《艺术》，就被他的意味说吸引住了。贝尔认为：一切艺术的性质就是"有意味的形式"，真正的艺术就在于"有意味的形式"的创造。艺术品必须具有"意味"，这种看法非常有道理，因为这种看法符合艺术的本质特征。于是我在诗论方面赞成"意味"说，并提出"诗词以意味深长为最上"的看法。下面仍然结合王国维在《人间词话》里所举的例子，略加说明。

宋祁在《玉楼春》中所写的"红杏枝头春意闹"和张先在《天仙子》中所写的"云破月来花弄影"这两句都绝妙，所写之景皆意味深长。

着一"闹"字，化无声为有声，化静态为动态。一个热闹的"闹"字，把无声的"红杏"变成有声的"红杏"，还把静态的"红杏"变成动态的"红杏"。"红杏"写得如此美妙,"从而使人觉得眼前不仅是一派群芳争艳、万物苏生的春天的景象,而是人的生活和情感中那种青春的朝气、蓬勃向上的生机和舒展自由的气息"(滕守尧《审美心理描述》)。"红杏"句实在意味深长。

着一"弄"字,化平常为神奇。一个玩弄的"弄"字,把"花"写活了,"花"好像是活泼调皮的孩子,在月光下嬉戏,玩弄着影子。这情景甚妙,颇有意味。

概而言之,作诗词要讲究意味,有意味,所作必佳。

诗从何处寻？

宗白华是现代诗人,又是著名的美学家。他的诗集《流云》里有一首题为《小诗》的诗:

    生命的树上
    凋了一枝花
    谢落在我的怀里,
    我轻轻的压在心上。
    她接触了我心中的音乐
    化成小诗一朵。

这首小诗,表现出诗人创作时的心理过程。生命之树上凋落的花,落在怀里,"轻轻的压在心上"。这样写极具诗意,暗示出生活与感情的积累对于诗歌创作的重要性。只有这压在心上的花接触了心中的音乐之后,才能"化成小诗一朵",这不正是关于诗的创作原理最生动、最精练的表达吗?此诗告诉我们:现实生活中的事物是客观真实,只有客观物象和人的审美意识、审美情绪、审美经验紧密结合,才能变成艺术真实。由于此诗情中寓理、理中含情,因此,可以称之为哲理诗。就写诗而言,"心中的音乐"必须有,不可无。有了"心中的音乐",发出的音调、生出的色彩、涌出的形象,才可能美妙动人。"心中"无音乐,弹奏不出美妙乐章。

宗白华还写了一首题为《诗》的诗:"啊,诗从何处寻?／在细雨下,点碎落花声!／在微风里,飘来流水音!／在蓝空天末,摇摇欲坠的孤星!"此诗形象地描绘了美感的来源,旨在表明:诗人必须从耳闻目睹的世界里,去寻找美的诗意。这一看法颇有道理,但是,细雨、落花、微风、流水、蓝空、孤星等物象,只有与"心中的音乐"相融合,才能化为美妙的诗篇。换言之,"大抵人心与物境相接,而后文生焉"(刘永济《词论》)。

研究自然，描写自然

人们说：艺术家，研究自然吧！可是从平凡中创造出奇伟，或者从单调中创造出瑰丽都不是小事。

——《歌德的格言和感想集》

这是歌德的名言，很有道理。就诗歌创作而言，创作奇伟瑰丽，的确不是小事。试举两例：

一个浪，一个浪

无休止地扑过来

每一个浪都在它脚下

被打成碎沫，散开……

它的脸上和身上

像刀砍过的一样

但它依然站在那里

含着微笑，看着海洋……

——艾青《礁石》

礁石，是住在河边、海边的人们常见之物，它只不过是河流、海水中的岩石罢了，但诗人艾青却看出了它的奇伟，写出了它与海浪搏斗的场景：巨浪不停地拍打着礁石，可是礁石无所畏惧，巨浪却碎成了泡沫，四下散去……一年又一年，由于海浪的冲击，礁石的脸上和身上留下了斑斑伤痕，像刀砍过一样，但它依然纹丝不动，微笑着面对大海。诗人艾青从平常的景象中创造出奇伟的礁石形象，实在不平凡。

归巢的鸟儿，
尽管是倦了，
还驮着斜阳回去。

双翅一翻，
把斜阳掉在江上；
头白的芦苇，
也妆成一瞬的红颜了。

——刘大白《秋晚的江上》

这首小诗描写秋晚江上的景色。归鸟低飞，残阳斜照，浅滩芦苇,这些都是人们常见的景物,通过诗人的描写,就变得新奇瑰丽了。诗人妙用"倦""驮"二字,凸显了物象之奇妙。归鸟"驮着斜阳",是诗人的想象,是诗人移情入景。描绘出这样的物象,体现了诗人"化平凡为神奇"的才能。诗人不说落日沉入江底,而说落日被鸟翅翻掉在江里,这是极其夸张的动态描写,极富表现力。鸟翻双翅,抖落斜阳,凸显动态美,多么奇妙!最末两句,通过"妆"和"红颜"两个词,把芦苇人格化了,给全诗添加了色彩美和一些情趣与生气。此诗足以证明:"记述大自然之美的作品是创造出来的,不是抄袭而成的。"诗人"想用大自然景象来感染或者震动我们,他自己先就必须对这景象加以欣赏或者感到吃惊"(《别林斯基选集》)。总之,艺术贵乎创造。诗人刘大白精细地观察秋江晚景之后,创造了新的奇妙的艺术境界——"秋江夕照图",当然不是小事。

诗道亦在妙悟

严羽说"论诗如论禅",认为"大抵禅道惟在妙悟,诗道亦在妙悟"。(《沧浪诗话》)郭绍虞解说道:"用一'如'字可见只是用作比喻,并不重在禅义与诗教之同异。""大抵沧浪以禅喻诗之旨,不外妙悟。……这就是诗禅相通之处,所以用作比喻。"(《沧浪诗话校释》)这样解说是对的。参禅也罢,做诗也罢,都讲究妙悟。中国诗论中有"理外之理"之说。这种"理外之理",靠"妙悟"来领会、把握。依我看,所谓妙悟,就是高超的形象思维、高妙的模糊思维和自我陶醉的奇妙的幻觉。我觉得禅悟也就是一种"自我与自然"相融合的幻觉。铃木大拙对"禅悟"做了这样的解说:"未参禅时见山是山,这是从常识观点和理智的分析去看山,这时的山是没有生命的;既参禅后,我们不把山看作耸立在自己面前的自然物,而是把它化为与万物合一,山便不再是山。可是当我们真正禅悟之后,便把山融合在自己的生命里面,山才是真正的山,这时的山是有生命的。"(《禅与生活》)这一番话所描述的情景交融、天人合一的情形,类似于诗人构思之状。不妨举例言之:

众鸟高飞尽,孤云独去闲。

相看两不厌,只有敬亭山。

——[唐]李白《独坐敬亭山》

谁都知道山不是人,为何"敬亭山"能与人相看?答曰:因为山拟人化了。如此回答甚是。从创作心理的角度来看,山通过诗人的心理改造变形了。"敬亭山"出现在诗人李白面前,一旦进入诗人的心灵之中,就得到诗人情志的灌注,成为拟人化了的,情感化、艺术化了的复合体。换言之,诗人李白看到"敬亭山"之后,把山融入自己的生命里面,也把自己融入山里面,于是山就有了生命,有了感情,成了诗人的朋友。诗中展示"人"与"山"彼此相对、相看之情景,表现出诗人旷达的胸怀、遗世独立的气概以及深沉的孤寂愤世之情。

天下伤心处,劳劳送客亭。

春风知别苦,不遣柳条青。

——[唐]李白《劳劳亭》

"春风知别苦,不遣柳条青。"这是诗人自我与自然等同的特殊的体验。诗人把自己别离之苦注入"春风"里,"春风"就有了情感,于是同情人,关心人,于是深知别离之苦,"不遣柳条青"。这正是诗人眼前、心中之妙境,也是审美的最高境界。

诗的语言

朱自清说:"诗不过是一种语言,精粹的语言。"(《诗的语言》)艾青说:"诗是艺术的语言——最高的语言,最纯粹的语言。"(《诗论》)这两句话不无道理,但,说得抽象。所谓"诗的语言",其实就是具有抒情性、新颖性、多义性、音乐性的语言。兹举数例说明之:

长太息以掩涕兮,哀民生之多艰!

——[战国]屈原《离骚》

由此可知,屈原为人民的苦难而深深地悲痛着。屈原的诗真切地抒写出他自己的思想感情,因此动人心魄。诗是抒情的,唯有至真之情由心灵肺腑中流出,才感人至深。

日日春光斗日光,山城斜路杏花香。
几时心绪浑无事,得及游丝百尺长?

——[唐]李商隐《春光》

这首小诗,写的是烂漫春光所引起的一种难以名状的心绪。诗人造句新颖，用了一个"斗"字，就使"春光"与"日光"这样人人习见的景象变得奇特了。"斗"字让读者对"春光""日光"产生陌生化的感觉。陌生化既使人产生一种期待审美的欲望，又使人积极地调动自己的思想、想象，去开展有兴趣的审美活动。三、四两句写"心绪"，很生动。诗人设喻新颖，用曲喻的手法，形象地表现了"心绪"。"心绪"与"游丝"一经结合，微妙的心理状态就显现出来了。

  细草微风岸，危樯独夜舟。
  星垂平野阔，月涌大江流。
  名岂文章著？官应老病休！
  飘飘何所似？天地一沙鸥！
      ——［唐］杜甫《旅夜书怀》

  这首诗的颈联包含两意。此联可照字面直解为自谦之辞，说自己有点名气，哪里是因为自己的文章好呢，自己既老且病应该退休；也可理解为用反话来达意——自己本想"致君尧舜上，再使风俗淳"，立德立功，谁知还是以立言而成名，自己休官是由于被排挤，并非因为"老病"。

尾联也含两意,既抒发出悲苦之情,又暗示出崇尚傲然不屈之精神。结句中的"沙鸥"一词,使人想起杜甫的两句诗:"白鸥没浩荡,万里谁能驯。"总之,"句法以两解为更入三昧","诗以虚涵两意见妙"。(钱锺书语)

> 春江潮水连海平,海上明月共潮生。
> 滟滟随波千万里,何处春江无月明。
> 江流宛转绕芳甸,月照花林皆似霰。
> 空里流霜不觉飞,汀上白沙看不见。
>
> ——[唐]张若虚《春江花月夜》

音乐性是诗歌艺术的要素之一。《春江花月夜》之所以一千多年来使无数读者为之倾倒,其中一个重要原因就是它富有音乐性。吴翠芬具体地分析了此诗的韵律节奏:"全诗共三十六句,四句一换韵,共换九韵。以平声庚韵起首,中间为仄声霰韵,平声真韵,仄声纸韵,平声尤韵、灰韵、文韵、麻韵,最后以仄声遇韵结束。诗人把阳辙韵与阴辙韵交互杂沓,高低音相间,依次为洪亮级(庚、霰、真)——细微级(纸)——柔和级(尤、灰)——洪亮级(文、麻)——细微级(遇)。全诗随着韵脚的转换变化,平仄的交错运用,一唱三叹,前呼后应,既回环反复,又层出不穷,音乐节奏感强烈而优美。这种语音与韵味的变化,又是切合着诗情的起伏,可谓声情与文情丝丝入扣,婉转谐美。"(《唐诗鉴赏辞典》)这样分析很有道理。由此可知,诗歌语言的音乐性不只局限于悦耳动听的效果,还必须顾及情感的表现和意义的表达。声由情出,声义相切,方为上乘。

不可为乡愿之诗

清人袁洁的《蠹庄诗话》里有一篇批评乡愿之诗的短文：

> 人不可为乡愿之人，尤不可为乡愿之诗。故雄浑之诗，令人惊心动魄；幽折之诗，令人释躁平矜；新艳之诗，令人怡情悦目。若徒字顺句适，平平无奇，套语浮词，令人望而生厌。尝见一老学究，久负诗名，及取其诗而读之，胆小气促，见浅才迂，绝无动人处，因号之曰"中庸先生"。

这篇短文很有意思，值得一阅。袁洁认为：做人不能做胆小懦弱、是非不分的人，作诗更不能作拘谨畏缩、见短识浅的诗。风格雄浑的诗，使人惊心动魄；风格幽婉的诗，令人心平气和；风格清丽的诗，让人赏心悦目。如果诗只是文字通顺，语句恰当，平淡无奇，套语连篇，言辞浮泛，则令人望而生厌。这些看法都很有道理。袁洁还认为，一个老学究写的诗之所以"绝无动人处"，就是因为他"胆小气促，见浅才迂"。这一看法也很正确。常言道："诗品出自人品。"因此，"乡愿之人为乡愿之诗"，不足为怪。乡愿之人以及老学究只会用一些套语浮词，绝不可能写出动人的诗，因为他们的气被夺去了。人若无"神气"，其笔墨则无光彩。须知，"神气"蕴乎"胆识"内，有"胆识"，才会有"神气"，"胆识"是诗人之本。"识明则胆张"，"惟胆能生才"。（叶燮《原诗》）具有非凡的胆识，才可能有非凡的才能。有胆识者遇物触景，勃然而兴，心头诗浪，笔底歌潮，奔腾而至，才气心思溢于笔墨之外。无胆识者拾人牙慧，陈陈相因，笔墨畏缩不能自如。

不要被成见束缚

胸中成见尽消除，一气如云自卷舒。
写出此身真阅历，强于钉饾古人书。
——［清］张问陶《论诗十二绝句》（之一）

张问陶，字仲冶，号船山，四川遂宁人，乾隆进士，任吏部郎中，后任山东莱州知府。他主张诗歌应抒写"性情"，反对模拟。其诗大都是咏物即兴之作，著有《船山诗草》。在这首"以诗论诗"的绝句里，张问陶明确地表明了自己的看法：不要罗列钉饾（堆砌辞藻、典故），不要被"成见"束缚，而要把真实感受、亲身经历，生动活泼地表现出来。这不仅针砭了当时诗歌创作的弊病，也指出诗歌创作必须注意的问题。

张问陶提出"胸中成见尽消除"的见解，值得重视、深思。何谓"成见"？"成见"就是固定不变的看法。按照伽达默尔的说法，"成见就是作出判断之前的见解"。他还说："成见不一定是不公正的，错误的，因而也并非一定会歪曲真理。"（《哲学阐释学》）虽然此话不无道理，但我们还必须知道，人一旦被"成见"紧紧地束缚了心胸，就难以获得新鲜的感受，难以说出新奇美妙的话。就诗歌创作而论，诗人须尽量避免"成见"的羁绊，要主动地积极地沉入事物、景象之中，达到神与物游的程度，才可能写出有"气"有"味"的"此身真阅历"。

李元洛在《谈诗的"钝化"》一文中说："诗的'钝化'，则是指作品从内容到形式的陈旧、老套，缺乏诗之所以为诗的艺术素质，对读者的审美心态毫无刺激性。""诗的'钝化'，在具体症候上，表现为感受的钝化、表现方法的钝化和语言的钝化。"此言诚是。若探究"钝化"的原因，我则以为，其中主要原因就是诗作者的思维被"成见"牢牢地捆住了。

作诗须炼意

刘攽认为："诗以意为主。"(《中山诗话》)姜夔认为："诗须'意高妙'。"(《白石诗说》)这都是正确的见解，因为"意高则格高"。为了立意"高妙"，就必须注重"炼意"。诚如黑格尔所言："诗所应提炼出来的永远是有力量的、本质的、显出特征性的东西。"兹举例说明：

> 日照澄洲江雾开，淘金女伴满江隈。
> 美人首饰侯王印，尽是沙中浪底来。
> ——［唐］刘禹锡《浪淘沙》

这首诗以明快而婉转的民歌风调、质朴而精练的语言，表达了深刻高卓的思想。诗人先勾勒出一幅色彩鲜明的晨江淘金图，然后将诗思从江边场景转入两类人的对比之中。诗人从对比中提炼出卓识、深意，把"美人首饰侯王印"与正在"沙中浪底"从事辛勤劳动的淘金姑娘联系起来，形成强烈的对比，表明世间一切财富都是由劳动创造的，凸显出极不合理的社会现象——劳者不获、获者不劳，并且表现出封建特征性的东西,从而揭示出封建社会的本质。可以说,这首诗是很有力量的。

  官仓老鼠大如斗,见人开仓亦不走。
  健儿无粮百姓饥,谁遣朝朝入君口?
      ——[唐]曹邺《官仓鼠》

  《诗经》里有一首以鼠喻剥削者的诗,题为《硕鼠》。曹邺写这首诗,继承了《诗经》的现实主义传统,以白描的手法,生动地画出了一群"官仓老鼠"的丑恶形象,并在诗的结尾把讽刺的矛头直指唐王朝的最高统治者。曹邺长于讽刺,其诗歌语言明快、尖锐、泼辣,大快人心。明人陆时雍说:"曹邺以意撑持,虽不追古,亦所谓'铁中铮铮,庸中佼佼'矣。"(《诗镜总论》)这样评说,符合诗人的实际。

  曹邺写此诗,虽然受了《诗经·硕鼠》的影响与启发,但写得比《硕鼠》更深刻。诗人先勾画"官仓老鼠"的特征——既肥大又胆大,暗示出肥大是由于朝朝饱食,胆大是由于无人去整治。由此可见,这样的描写既形象又深刻。诗人再采用对比的手法,将"鼠"与"人"相比较——官仓里的老鼠被养得又肥又大,前方守卫边疆的将士和后方终年辛劳的百姓却仍然在挨饿。这样揭露贪官污吏,多么深刻有力!诗人十分重视炼意,终于炼出了两个字:"谁遣"。这两个字用得极妙,耐人寻味。读者看到"谁遣"二字,必然要思索:"官仓老鼠"如此胆大妄为的原因以及造成这种极不合理的现象之根源。总之,这首诗形象性、讽刺性都极强,深刻地揭露了封建社会里存在的极不合理的现象,并尖锐地指出了形成畸形的症结之所在,因此很有力量。就写诗而论,重视炼意是对的。

文艺的根柢

厨川白村在《苦闷的象征》里提出了一个命题"生命力受了压抑而生的苦闷懊恼乃是文艺的根柢",并围绕这一命题展开论述。这种看法虽不无道理,但有片面性。我认为,文艺作品总不能专门叙写苦况、一味地抒发苦闷懊恼的心情。其实,生活中有苦,也有乐。有苦则说苦,有乐则说乐,这是人间的通常情形。

孔子曾说:"诗可以兴。"此句中的"兴",是多义词,其中一个义项为"喜也""歆也"。这就是说,诗可以使人高兴,能引起人的昂扬的情绪。孔子还认为:"诗可以怨。"这就明确地表明:写诗要抒发真情实感,心中有快乐,则抒发快乐的情绪;心中有怨恨,则抒发怨恨的情绪。这种看法不偏不倚,颇有道理。下面举例谈一谈。

看了杜甫的《闻官军收河南河北》,就一定知道,杜甫吃尽了战乱的苦头,一旦听到官军收复失地的消息,真是欣喜若狂,手舞足蹈,此时的杜甫千愁百虑立刻消散,对美好的前程充满了希望,于是冲口而唱出这一首感情洋溢的七律名篇。此诗如行云流水,一气流注,自然明快,不见格律束缚,一变"沉郁顿挫"的风格,所以被人评为杜甫的"生平第一首快诗"。

请看杜甫的"三吏""三别"。这六首诗"述军兴之调发，写民情之怨哀，详矣"（胡夏客语，《杜诗散绎》引）。"安史之乱"发生后，唐王朝糜乱已极，老百姓过着流离失所的生活，处于水深火热之中，若不能平定暴乱，人民的苦难就不会休止。杜甫在诗中揭露了当时的统治者对待叛军所表现出的腐朽无能，对待劳动人民却如此残暴无情。杜甫还在诗中深刻地表达了对人民苦难的同情，他把眼泪化为诗句，痛陈诗中人物的苦难悲愁，感人至深。这表明杜甫写诗是有感而发的，其感情深厚而强烈。

综上所述，一言以蔽之：社会生活中的各种状况以及人们的喜怒哀乐，乃是文艺的根柢。

审美眼光

就艺术创作而论,审美眼光很重要。所谓"审美眼光",就是指视觉伴随着感情、想象,与"审美"相关联。有审美眼光的人,不仅能看到别人没有发现的美,而且能使一些旧的、熟悉的形象幡然更新!换言之,观物要伴随着感情、想象,因为没有感情、想象,就没有审美欣赏,也没有艺术创造。在这里,举个例子来谈。

一江秋水浸寒空,渔笛无端弄晚风。
万里波心谁折得?夕阳影里碎残红。

——［宋］王寀《浪花》

"秋水""渔笛"都是人们习见的,若用通常的眼光看它们,就觉得它们既不奇又不妙。由于诗人王寀有审美眼光,所以能看到"秋水""渔笛"的神奇之处,于是描绘出一幅壮美的秋江夕照图。诗人下一"弄"字,写活了"渔笛"。"渔笛"之声撩起"晚风","晚风"掀起波澜。在夕阳映照下,浪花奔腾万里,虽"碎"犹"红",谁也无法"折得"。这种景象之妙,令人拍案叫绝!

冷烛无烟绿蜡干,芳心犹卷怯春寒。
一缄书札藏何事?会被东风暗拆看。

——[唐]钱珝《未展芭蕉》

芭蕉是人们常见的草本植物。有审美眼光的钱珝看到一株"未展芭蕉",就发现它有一种特殊的美,于是创造性地一连用了"冷烛""绿蜡""书札"三喻来刻画它,不仅刻画了它的形态、颜色,而且刻画了它的芳心,使一株熟悉的"芭蕉"之形象幡然更新。在读者面前,不仅出现了一株美妙的"未展芭蕉"之形象,似乎也出现了一个含情欲语、情窦欲开的少女形象。一株"未展芭蕉"之所以描绘得如此美妙动人,就是因为诗人有审美眼光和艺术手法。

要用纯真无邪的目光

布鲁墨在《视觉原理》里说:"要用'纯真无邪的目光'看待艺术品的困难,文化纲领和个人经验使你产生了'感觉成见'或'框框',就是说,一有可能,你就按自己的预期看这作品。寻求含意的知觉过程倾向于从视觉遭遇外得出自我满足的预言。一旦你意识到许多由文化确定的知觉仅仅是感官素材的陈式或随意编造,你就会暂时把判断吊销,不再去附和成见。就是说,你要转向真正发生的知觉过程,使你繁忙的思想避免陷入到预制的、早熟的结论中。"

这些话有道理,旨在说明如何看待艺术品。布鲁墨认为,看待艺术品,要用"纯真无邪的目光",不要被"感觉成见"束缚,不要"陷入预制的、早熟的结论中"。此乃卓见。依我看,看待自然界的客观事物,也应该如此。举例说:

西湖是我国许多风光秀丽的湖泊中的一颗灿烂的明珠。在历代骚人墨客题咏西湖的不少诗篇中,苏轼的《饮湖上初晴后雨》算是压卷之作。清人王文诰在《苏诗编注集成》中说:"此是名篇,可谓前无古人,后无来者。"

西湖本身就很美，经过此诗的渲染、描绘，更增添了迷人的风彩。诗以湖传，湖以诗传，可谓相得益彰。今天，你游西湖，面对西湖的景色，若受制于苏轼所画的观景状物之"框框"，就会产生感觉成见——"水光潋滟""山色空濛""湖比西子""淡妆浓抹"，得出自我满足的结论。因此，你不可能有新的发现、新的感受，更不可能有新的发明，当然写不出独特、新颖、美妙的诗篇。怎么办？办法只有一种：要用纯真的、无感觉成见的目光看待自然界的事物，避免陷入这样或那样的"框框"中。

艺术真实

"有一位思想家说,艺术和生活的关系,一如酒和葡萄的关系。他这样说是很有道理的,因为他指出了艺术取材于生活,但除了这一材料外,艺术还提供在材料本身的特性中尚未含有的某种东西。"(列夫·谢苗诺维奇·维戈茨基《艺术心理学》)

由此可见,生活中的材料虽然是艺术作品不可缺少的东西,但它本身不可能成为艺术作品。兹举一例并稍加说明:

我家洗砚池头树,朵朵花开淡墨痕。
不要人夸好颜色,只留清气满乾坤。

——[元]王冕《墨梅》

元代诗人王冕写这首诗,所用的材料是现实中的梅,而真实的梅花没有黑色,"淡墨"是添加的。由于诗人在创作时提供了现实中的梅本身尚未含有的东西,这才使生活真实成为艺术真实。这首诗反映了作者不愿与陋俗同流合污的品格和他对人生的态度。所谓"只留清气满乾坤",

既是咏梅，其实也是说他自己。在这首诗里，现实的梅花、画中的梅花，与作者本人，已物我不分，浑然一体。诗中所抒发的情感是高尚的，令人肃然起敬；而诗中所蕴含的道理是深刻的，令人恍然大悟。

心灵的眼睛与激情

李白《秋浦歌》有一句:"歌曲动寒川。"柳宗元《渔翁》有一句:"欸乃一声山水绿。"这两句皆奇妙,发人所未发,使人拍案惊奇。

"歌曲动寒川"——"歌"声震动了"寒川",寒冷的河水涌起波涛。这歌声是何等激越,何等气势磅礴,何等神奇!

"欸乃一声山水绿"——"欸乃一声"骤然响起,唱"绿"了山,唱"绿"了水。这歌声是多么有力,多么美妙,多么神奇!

"歌曲动寒川""欸乃一声山水绿",这种奇妙的景象,肉眼是看不到的,只有凭"心灵的眼睛"才能看到它。"心灵的眼睛"就是想象。黑格尔将想象看作灵感:"想象的活动和完成作品中技巧的运用,作为艺术家的一种能力单独来看,就是人们通常所说的灵感。"正因为李白、柳宗元有了"心灵的眼睛" ——想象、灵感,所以才能看到事物和现象的神奇之处。须知,激情也起了很大的作用。"歌曲动寒川"在李白心中、眼前出现,"欸乃一声山水绿"在柳宗元心中、眼前出现,是由于李、柳二人当时因激情喷涌而迷狂了。这种激情式的迷狂，就导致奇妙之境在他们心中、眼前显现出来。因此，没有激情与想象，就没有真正的诗。"若是没有这种诗神的迷狂，无论谁去敲诗歌的门，他和他的作品都永远站在诗歌之外。"（柏拉图《文艺对话集》）

艺术心理与艺术手法

有些论述艺术心理的著作,洋洋数十万言,虽说得头头是道,却令人难以理解,甚至让人晕头转向,不知所措。宗白华曾说:"常人的艺术心理也是矛盾的。他要求现实,但同时也要求'奇迹',憧憬于幻景。"这几句话说得简明扼要,把艺术心理说清楚了,而且易懂、易记。关于艺术手法,中外作家、文艺理论家各有各的说法,说了许许多多,所说的内容驳杂,令人难以取舍。歌德曾说:"平凡的要和那不可能的很美丽地交织着。"这一句话就把创作上的一种艺术手法,即"化平凡为奇妙",说清楚了,而且易于理解,易于运用。兹举一例以明之:

泉水从岩石上一滴一滴
落入可怕的大海。
能致死船员的大海对它说:
"你要我怎么样,爱哭者!"

"我就是风浪与恐怖;
我和天一始一终两相连。

你这小东西,难道我
需要你?我辽阔无边。"

泉水对苦涩的海水说:
"我无声无臭,来给你,
辽阔的海啊,一点你缺少的东西,
一滴可以喝的淡水。"
　　　　——[法]雨果《泉水从岩石上……》

　　"泉水"滴落,"大海"辽阔,是平凡的现实。"大海"与"泉水"对话,是不可能的。这种不可能的居然变成可能的,就是奇迹,就是幻景。这首小诗既写了现实,又写了奇迹、幻景,符合人们的艺术心理。这首小诗,以生动的语言与对话的方式,表现了"泉水"的无私、谦逊和"大海"的狂妄、暴虐。在这种强烈对比的表现形式中,诗人的智慧和诗中的哲理让我们叹服。"大海"与"泉水"的对话,还有一种幽默,使诗有了特别的韵味。

化平常为美妙

"艺术是有情趣的艺术。它再现自然情趣和生活情趣时,是以美作为基点,通过艺术技巧以实现这一目的的。例如,萝卜、白菜、虾,我们见惯了,不以为它有什么美,但在齐白石的笔下,趣生情溢,就感到美了;毛驴我们也不易看出它有什么美,可是,黄胄画一匹毛驴,比真毛驴的价格还高。这就说明,艺术的功能,是在生活中找到美点,再现为艺术美。"(刘克仁《杂议三则》,《美学述林》第一辑)齐白石、黄胄之所以能在平常的事物中找到美,并且能描绘出富有情趣的美的艺术形象,正是因为他们有审美眼光和艺术技巧。高明的诗人也是如此。请看下面的例子。

初闻征雁已无蝉,百尺楼高水接天。

青女素娥俱耐冷,月中霜里斗婵娟。

——［唐］李商隐《霜月》

"霜月"是人们习以为常之景象,但在诗人李商隐的笔下,却变得如此美妙。诗人用拟人的手法,写"霜""月"

斗艳争辉，把寒秋之夜的自然景象写得如此生机勃勃。下一"耐"字，显示了"青女""素娥"不怕寒冷的精神；下一"斗"字，化静为动，凸显物象的活力。这两个字用得妙，充分表明诗人具有新鲜的审美感受和高超的遣字技巧。

　　拂水斜烟一万条，几随春色醉河桥。
　　不知别后谁攀折？犹自风流胜舞腰。
　　　　　　　　　　——[唐]赵嘏《东亭柳》

　　此诗前两句写景，后两句抒情，不仅有情景交融之妙，而且寓别后无穷之思。诗人下了一个"斜"字、一个"醉"字，化平常为美妙——垂柳婀娜多姿、醉舞娇态，跃然纸上，如在目前。

　　杨柳弯着身儿侧着耳，
　　听湖里鱼们的细语；
　　风来了，
　　他摇摇头儿叫风不要响。
　　　　　　　　　　——冯雪峰《杨柳》

在诗人的眼中,大自然里的"杨柳""鱼们""风"显得那样和谐而富有情趣。诗人运用"移情""移用"的艺术技巧,赋予"杨柳"以人的感情、行为,于是"杨柳""弯着身儿""侧着耳""听湖里鱼们的细语","叫风不要响"。如此描写杨柳,有情趣,有新味,很美妙,能打动人心。概而言之,化平常为美妙,须有审美眼光、审美感受和艺术技巧。

心想情味

　　泰戈尔在《〈文学的道路〉·序言》里说:"人的心随树变树,随河变河,心想什么就变什么,由此,他获得欢悦。"在此序中,泰戈尔引用了印度修辞经典上的话:"诗歌是带情味的句子。"这几句话表明,想象令人欢悦,诗歌要有情味。下面举例言之。

　　假如我变成了一朵金色花,为了好玩,
　　长在树的高枝上,笑嘻嘻地在空中摇摆,
　　又在新叶上跳舞,妈妈,你会认识我么?
　　　　　　　　——[印度]泰戈尔《金色花》

　　读了这首散文诗,就会知道:想象不仅令人欢悦,而且能使笔下出现妙境——"我"变成"金色花","我"与"花"合而为一了。诗人笔下的"金色花"小巧、轻柔、妩媚多姿,洋溢青春活力,又多么天真、伶俐、调皮、活泼、可爱,并且有一种独特的动态美。"金色花"在空中"摇摆",又在叶上"跳舞",这既有趣,又有情味。"妈妈,你会认识我么?"有此一问,更有情味了!就诗歌创作而论，想象这一质素不可缺少，情味很重要，富有情味则动人心魄。

须借助图画音乐

泰戈尔在《文学的本质》中说:"文学为了弥补语言表现力的不足,借助另外两个主要手段:一是图画,二是音乐。""图画赋予感情以形式,音乐赐予感情以活力,图画恰如身体,音乐犹如生命。"这一看法很有道理。兹举一例简说之。

平和之乡哟!
我的父母之邦!
岸草那么青翠!
流水这般嫩黄!

我倚着船围远望,
平坦的大地如像海洋,
除了一些青翠的柳波,
全没有山崖阻障。

小舟在波上簸扬,
人们如在梦中一样。

平和之乡哟!

我的父母之邦!

——郭沫若《黄浦江口》

　　这首诗写于一九二〇年四月三日。诗中抒写的是诗人从日本坐船回到上海,在黄浦江口望见阔别多年的祖国时的欣喜、陶醉之心情。此诗虽然没有直接表达怎样的喜悦,但在景物的描写中,注入了诗人的感情。青翠的岸草、嫩黄的流水、海洋般的大地、青翠的柳波,引人入梦的簸飏的小舟,这些景物都染上了一层浓厚的感情色彩,构成一幅阔大优美的画面。此诗风格自然明朗。结尾两句与开头两句重复,凸显回环复沓的语言特色。全诗语言流畅,句子整齐、押韵,节奏活泼鲜明,颇具音乐性,读来朗朗上口。可以说,这是一首声情并茂、画音配合的令人感动的好诗。

表现特征

　　法国文艺评论家丹纳十分强调"特征"的重要性。他认为："特征的价值与艺术品的价值完全一致，艺术品表现了特征，就具备特征在现实事物中的价值。特征本身价值的大小决定作品价值的大小。"他还认为："艺术品的目的是使一个显著的特征居于支配一切的地位。"所"用的方法"，"就是配合或改变各个部分的关系，然后构成一个总体"。他还着重指出："作品中的各个部分必须通力合作，表现特征。"这些看法都有道理。兹举一例，略加说明：

　　　　空山新雨后，天气晚来秋。
　　　　明月松间照，清泉石上流。
　　　　竹喧归浣女，莲动下渔舟。
　　　　随意春芳歇，王孙自可留。

　　　　　　　　——［唐］王维《山居秋暝》

　　王维晚年购买了一所位于终南山的辋川别业，隐居于此。这首五言律诗写辋川秋日晚景。

诗的前六句犹如一幅徐徐展开的山水国画,淡墨点染,幽雅宜人。"空山新雨后,天气晚来秋。"首联由点题着笔,勾勒出秋山雨后清爽、宁静的自然环境。颔联"明月松间照,清泉石上流",则展示出动人的景象:皎洁的月光斑斑驳驳地洒落在松林中间,清澄的泉水淙淙地流淌过山石之上。在颈联中,诗人巧妙地采用了以动衬静的手法。"竹喧归浣女,莲动下渔舟"——听到竹林间喧闹的人声,猜想是洗衣女子归来了;看见水面上荷叶在晃动,才发现有渔舟顺流而下了。在宁静的环境中往往更能显示出声音的响亮和景物的动态,因此,"竹喧""莲动"使整个环境显得更加恬静。尾联"随意春芳歇,王孙自可留",即直抒胸臆——"春芳"消歇了,可是这里的环境仍然如此幽美,不妨就在这里隐居吧。

王维笔下的这首山水诗,表现出环境的显著特征——幽静美妙。这一特征居于支配一切的地位。也就是说,各点象都服从这一特征——"明月""清泉""浣女""渔舟"相互配合,构成山中秋日晚景的总体,并凸显总体的特征。各点象的组合,动与静的配合,是诗人表现特征的主要手段。正由于各点象巧妙地组合起来,才构成山中之妙境。把"空山"的"秋暝"写得如此热闹,与所要表现的幽静基调并不抵触，反而是相反相成地结合在一起。这就是所谓寓静于动，动中显静。人们从这些喧闹、动态的景物中，很自然地体味出一种和平恬静，体味出恬静中的一种活泼生机，因此，山中晚景给人的感觉，并不是寂寞凄清，而是一种幽静美妙。狄德罗说："美在关系。""明月""清泉""浣女""渔舟"之间的关系，显示出一种美妙。这种关系显然是经过诗人处理而形成的。经过诗人的艺术处理，不仅再现了生活的真实，而且表现出高于生活的真实，凸显了山中秋日晚景的主要特征，这就使这首诗焕发出一种艺术美的光辉，表现出一种幽静美妙、令人神往的境界。

高度的美

培根《说美》中言:"在美的方面,相貌的美高于色泽的美,而秀雅合适的动作的美又高于相貌的美。这是美的精华,是绘画所表现不出来的,对生命的第一眼印象也是如此,没有哪一种高度的美不在比例上显出几分奇特。"

这是培根说的关于美的一番话。他对美的看法与众不同,认为美的精华是秀雅合适的动作,凡是高度的美,无不显示出几分奇特。这一看法不无道理。兹举数例简说之。

耶溪采莲女,见客棹歌回。
笑入荷花去,佯羞不出来。
——[唐]李白《越女词》(其三)

《越女词五首》是李白漫游吴越时所作,描写江南水乡的独特风光,风格清新活泼,有浓厚的民歌色彩。这首词的显著特色是表现出了"采莲女"的动作美。这种美高于吴越女子的容貌美和服饰美。"见""回""笑""入""去"这几字勾画出"采莲女"调皮有趣的样子和活泼可爱的神情,有天然之妙。此诗句短字少,却非常生动形象。

连山似惊波,合沓出溟海。
——[唐]李白《九日登山》

群峰如逐鹿,奔走相驰突。
——[唐]李白《登梅冈望金陵,赠族侄高座寺僧中孚》

清人王琦认为,"连山似惊波"是奇语。我认为,"群峰如逐鹿"也是奇语。奇就奇在李白的诗句让"连山""群峰"活动起来,显现出一种特异的动态美。诗人表现出来的"连山""群峰"之动态,有一股强大的气势,有一股动人心魄的力量,令人感到惊愕,又使人感到壮美。换言之,李白的山水诗中的山,都是各具姿质、富于性格美的,都显示出几分奇特,因此也就有了高度的美。

想象之境

司马光在《温公续诗话》中说:"古人为诗,贵于意在言外,使人思而得之……""意在言外",确是一个有道理的说法,符合诗艺的特点。诗含内外两层意,则意蕴丰富,发人深思。就诗中之景而论,我觉得既要有所写之景象,也要有景象以外的景象,使人思而见之,则更妙矣!请看东坡诗:

> 野水参差落涨痕,疏林欹倒出霜根。
> 扁舟一棹归何处?家在江南黄叶村。
> ——[宋]苏轼《书李世南所画秋景二首》(其一)

诗的前两句是用对偶句述画,写"野水""疏林"的景象。野水、疏林随着季节的变化而变化。野水在岸边留下了水势涨落不一的痕迹,欹倒的树露出了久经风霜的老根。诗人以文字代替画笔,勾勒出一幅苍凉幽远的秋景图。这仅仅是形真而已,不足以动人。只有饱含情趣,才能动人。诗人既写了形,又写出了情趣。情趣在哪里?情趣就在一问一答之中。"扁舟一棹归何处?"这句问话中的"归"

字，表现出舟中之人的思想感情。思归是古人最典型、最珍贵的感情，注入了这样的感情，则增添了情思，增浓了滋味。诗人以"归何处"一问，引起了读者的遐想，然后用"家在江南黄叶村"一答，把读者带进黄叶满村的境界中去。"黄叶村"是画境以外的地方，是诗人的想象之境。有了这想象之境，就充实了画境的内容，丰富了画境的色彩。这想象之境中的一片金黄灿烂、令人炫目的色彩，多么迷人！象外之象的"黄叶村"，使人思而见之，妙哉！概而言之，象外之象就是所绘之象延展出的"想象之境"。诗作能令人想到象外之象，实在不容易，关键在于所绘之象要极其生动，能激起读者的感情，还要有很强的暗示性，能引发读者的想象。

将读者引入未知的境界

人们往往对新奇的事物颇感兴趣,因此,苏东坡所说的"诗以奇趣为宗",不无道理。"陈言满纸,人云亦云,有何趣味?若目中未曾见者,忽然睹之,则不觉拍案起舞矣。"(孙麟趾《词迳》)此所谓"目中未曾见者",就是"某种未知的境界"。英国哲学家休姆写道:"对大多数人来说,诗的本质是它必须将他们引入某种未知的境界。"(《论浪漫主义和古典主义》)此话在理。"未知的境界",往往奇趣盎然。兹举数例以明之。

  洛阳亲友如相问,一片冰心在玉壶。
    ——[唐]王昌龄《芙蓉楼送辛渐》

"冰""心""玉""壶",人人皆知,"冰""壶",许多人都见过,然而,"一片冰心在玉壶",谁都未曾见过,它是一种未知的境界。诗人创造这种从未有过的境界,奇趣盎然,于是产生一种特殊的美学效果。

> 绿杨烟外晓寒轻,红杏枝头春意闹。
>
> ——[宋]宋祁《玉楼春·春景》

春天的"红杏枝头",绝大多数人都见过,不足为奇。诗人用了一个"闹"字,就把读者引入未知的奇妙的境界。"具体说,由于'闹'这一动作的特殊性质,红杏便具有了生命和性格,由它生发出的百花争艳的春天的意象,就有了一个顽皮孩子或一个好动的青年人的特征(因为只有他们才能闹)。这样一来,仅仅一个'闹'字,就把整句诗完全变活了,无怪乎人们说它一字千金啊!"(滕守尧《审美心理描述》)简言之,一个"闹"字,把人们习见的境界变成了奇妙动人的境界。

> 青女素娥俱耐冷,月中霜里斗婵娟。
>
> ——[唐]李商隐《霜月》

秋夜的霜华月色,是人们习见的景色,也是诗中常见的题材。诗人李商隐化平常为神奇,描绘出奇异的景象——霜月之神(青女素娥)在施展本领,竞妍斗美。这就创造了不寻常的意境,表现了不寻常的美,实在是别开生面，令人感到余韵悠然，味之不尽。张戒说："义山多奇趣。"(《岁寒堂诗话》)诚者斯言。

玉容寂寞泪阑干，梨花一枝春带雨。
——[唐]白居易《长恨歌》

诗人用"梨花一枝春带雨"，来形容杨贵妃悲泣的情态，妙极！简直是神来之笔。杨贵妃这样美的哭态，人们未曾见过，当读到此句时，"忽然睹之"，则必然惊叹矣。

归巢的鸟儿，
尽管是倦了，
还驮着斜阳回去。
双翅一翻。
把斜阳掉在江上；
头白的芦苇，
也妆成一瞬的红颜了。
——刘大白《秋晚的江上》

"鸟儿""斜阳""江水""芦苇"是人们习见的景

物，并不新奇。"双翅一翻"，"把斜阳掉在江上"，这样美妙的景象，人们未曾见过，当读到此句时，"忽然睹之"，则必然感到新奇有趣。

　　昨夜雨打芭蕉，
　　溅湿了瑶家梦境。

——宗鄂《瑶寨黎明》

"雨打芭蕉"是实景，"溅湿了瑶家梦境"是目中未曾见的虚景。如此虚实结合，妙趣横生，洋溢着生活的气息和大自然的温馨。读了，令人陶然怡悦。

　　而我酣然
　　时有一夜躁动
　　黎明　这小小的巢中
　　便恬恬地飞出一群诗雀。

——傅天虹《慈云山木屋歌》

这是《慈云山木屋歌》最后一节，前两行写创作时的激情，后两行写创造成功的欢乐。"黎明　这小小的巢中

／便恬恬地飞出一群诗雀"，这是诗人将创作的情景转换成幻境。如此精彩的描绘，就把读者带入未曾见过的诗的美学的境界。读者看到"一群诗雀""飞出"，则必然惊喜矣！

总之，诗以奇妙之境为最上。奇妙之境是物象与心灵融合的结果，因此，"艺术家须用从外界吸收来的各种现象的图形，去把在他心里活动着和酝酿着的东西表现出来"（黑格尔《美学》）。

动态美

18世纪德国美学家莱辛说"媚就是在动态中的美",并指出,诗要发挥它的更大的表现力,就应当"化美为媚"——化静态的美为动态的美。这一看法很有道理,不妨举例说明:

群山万壑赴荆门,生长明妃尚有村。
——[唐]杜甫《咏怀古迹五首》(其三)

群山万壑,何其壮美,但这毕竟是静态之美。诗人杜甫下一"赴"字,就把群山万壑的静态美化为动态美,表现出群山万壑奔驰的动态和非凡的气势。这确实高妙!

楼观岳阳尽,川迥洞庭开。
雁引愁心去,山衔好月来。
——[唐]李白《与夏十二登岳阳楼》

孙琴安说:"起句一'尽'字,便已暗示此楼之高,为观岳阳全景之胜地也。次句即所望之景,极言洞庭形势之开阔。如此一望，胸襟顿开，'愁心'似被雁群飞引而去，月亮似被山岭口衔而来。因其时太白刚在流放途中遇赦，心情为之一振，故有'雁引愁心去'之语。此二句乃豪放语，太白本色。"（《唐五律诗精评》）如此解说，不无道理。就诗歌美学而论，"雁引愁心去"，妙在景情合而为一，化景物为情思，化抽象为具象。"山衔好月来"，妙在化静为动，化美为媚。"山月"如此灵动、神奇，源于诗人的奇思妙想，诚如黄叔灿所言，诗人"登楼饮宴，对景开怀，飘然之思，直觉不群"（《唐诗笺注》）。

暮从碧山下，山月随人归。
却顾所来径，苍苍横翠微。
——［唐］李白《下终南山过斛斯山人宿置酒》

王尧衢说："首言下山时明月随人，回顾行来路径，夜色苍苍，横于翠微之中矣。"（《古唐诗合解》）如此直解是对的。须知"归"字用得极妙，妙在自然工稳，含意颇多。诗人着一"归"字，使山月人性化了，并且化静为动，化美为媚，凸显了"山月"的自然之美、神奇之美，以及诗人当时的心境。

在山的怀抱中企盼了很久的竹笋，

像箭一样猛窜，向着太阳，向着光明！

——刘祖慈《春天又回来了》

诗人写竹笋，用了"猛窜"一词，化静为动，化美为媚，凸显了竹笋的勃勃生机、顽强生命力。由于用了"猛窜"一词，诗人笔下的竹笋非凡了——不仅有自己的希望和渴求，而且正在积极地行动。如此表现竹笋，令人赞叹！

有生命的形式

席勒认为,"美就是生命,就是有生命的形式,……一块大理石尽管是而且永远是无生命的,但经过艺术家的加工,却有着有生命的形式"。这一看法颇有道理。状物忌死板,要描绘出"活的形式"。谚云:"死蛟龙,不若活老鼠。"若思其意,则可悟作诗文之诀要。兹举例谈一谈:

初闻征雁已无蝉,百尺楼高水接天。
青女素娥俱耐冷,月中霜里斗婵娟。
——[唐]李商隐《霜月》

这首咏物诗,以拟人的手法,写霜月争辉,斗艳争妍,把寒秋之夜的自然景色写得如此勃勃有生气,这种笔力已经远远超过一般诗人的才情和气魄。换言之,霜月在诗人的笔下,有了鲜活的有生命的形式,才如此美妙动人。

四更山吐月,残夜水明楼。
——[唐]杜甫《月》

诗人下一"吐"字,写活了山,山有了一个鲜活的有生命的形式，因此非常生动形象。这两句早为人所赞赏。浦起龙《读杜心解》云："一、二，心境双莹，得此十字，在老杜亦不多有，东坡叹为绝唱。"

> 天下伤心处，劳劳送客亭。
> 春风知别苦，不遣柳条青。
>
> ——［唐］李白《劳劳亭》

此诗妙就妙在春风有了鲜活的形式，有了人的思想感情。须知，"单纯事实的报道，不是文学"（泰戈尔语）。因此须"神与物游"，还要把情感渗透到所描写的物象之中。

美在关系

狄德罗说:"我认为组成美的,就是关系。"(《西方美学家论美和美感》)赫尔巴特认为:"美存在于关系之中,存在于声音、颜色、线条、思维和意志的关系之中。"(克罗齐《美学的历史》)此话在理,启示人们不要孤立地去探求美。这是有原因的,原因是:"孤立地去探求美,就很难发现美之所在。只有从诸事物之间存在的相互关系中去寻找美,才可能发现美的宝藏。"(王明居《通俗美学》)兹举例言之:

灵菊植幽崖,擢颖陵寒飙。
春露不染色,秋霜不改条。

——[东晋]袁山松《菊诗》

这是一首赞赏菊的诗。在菊前着一"灵"字,以示菊之美好,但它并非植根于肥沃的土壤,而是生长在阳光不足、土壤稀少的山崖间,并在寒风萧瑟中生出花蕾。春天的雨露滋润着自然界的万物,各种花卉争芳斗艳,而菊却"不染色"——没有开出鲜艳的花。待到秋来霜降,百花枯萎凋谢，而菊却"不改条"，芳枝遒劲，凌寒独放。可见菊花的品格精神高于众芳。由此可知，诗人从菊与环境（周围事物）相互关系中发现菊有一种特殊的美，有一种不平凡的品格精神。如果孤立地看待菊，则发现不到菊具有这样一种美、这样一种精神。

妙在曲折

画家荷迦兹认为,美的线条是蛇形曲线。他在《美的分析》一书中说:"在能够被人理解的起伏线条的广泛多样性之中,只有那个唯一被视为秀美线条的、精确的蛇形曲线,才配称为美的线条。"这一看法不无道理,"曲线美"是存在的,诗也有"曲线美"。诗的"曲线美",是指诗句的"曲折""跌宕"之美。作诗重视转折是对的。诚如陆时雍所言:"凡法妙在转。"(《诗镜总论》)"转"则"曲折",转则曲径通幽,引人入胜。常言道:"人贵直,文贵曲。"严羽在《沧浪诗话》中说:"语忌直,意忌浅。"可见诗中的语言运用之关键在于避免直叙。平铺直叙的诗作读之如同嚼蜡。因此诗人写诗往往采取"曲"的艺术手法,让诗句、诗意跌宕起伏。兹举一例:

明月几时有?把酒问青天。不知天上宫阙,今夕是何年?我欲乘风归去,又恐琼楼玉宇,高处不胜寒。起舞弄清影,何似在人间!转朱阁,低绮户,照无眠。不应有恨,何事长向别时圆?人有悲欢离合,月有阴晴圆缺，此事古难全。但愿人长久，千里共婵娟。

——［宋］苏轼《水调歌头》

    这首词有一波三折之妙。词的开头写对月饮酒，向青天询问，探索宇宙的奥秘，接着由"询问"转入写"欲望"——乘风飞到天上。由于怕禁受不住月宫的寒冷，因此觉得还不如在人间月下翩翩起舞。虽然只是独舞，却还有身影陪伴。作者的心思从幻想回到现实。如此转折，透露出作者深层的矛盾心理。下片承上写月，又写怀念亲人。夜深了，月光移动着，转过了朱红色的楼阁，低低地穿过了雕花的窗户，照到迟迟未能入睡的人。这样描写，写出了月光的美好可爱。"不应有恨，何事长向别时圆？"这一责问表示对明月的埋怨。这是下片的一次转折，凸显离愁别恨，抒发出怀念子由之深情。作者接着对月表示同情，为月开脱，将物理与人事等量齐观。这是下片又一次转折。如此转折，为了强调遇事要达观，反映出作者思想境界的开朗豁达。最后，以乐观旷达的祝愿作结。

    这首词形象地表现出作者最深沉的思想感情之变化，因此可以用它来证明卡西尔在《人论》里说的一句话——

"艺术使我们看到的是人的灵魂最深沉、最多样化的运动",是对的。

留下空白

钱锺书在谈到谢赫《古画品录》时,指出我国诗画传统的一个特点是"画之写景物,不尚工细,诗之道情事,不贵详尽,皆须留有余地,耐人玩味,俾由其所写之景物而冥观未写之景物,据其所道之情事而默识未道之情事"。(《管锥篇》)其说甚是。"中国传统的山水画,就是因为有了空白,才为那些有限的形装填了宇宙般的广阔无垠性,从而大大提高了作品的审美效果。"(滕守尧《审美心理描述》)在中国诗歌作品中,也常出现不完全的"形",也常有或大或小的"空白",这是为了取得以少胜多,启人联想、发人幽思的效果。在此举两个例子,简略地谈一谈。

野水参差落涨痕,疏林欹倒出霜根。
扁舟一棹归何处?家在江南黄叶村。
———[宋]苏轼《书李世南所画秋景》

诗的前两句写"野水""疏林",描绘旷远、荒寂的空间。诗人敏锐地抓住了《秋景平远》图的特色,以文字代替画笔，勾勒出一幅苍凉幽远的秋景图。诗人不仅写景，而且写情趣。情趣就在一问一答之中。"扁舟一棹归何处？"这一句问话包含了无限情思。诗人以一句答话——"家在江南黄叶村"，就把读者带进一种黄叶满村的境界中去。"黄叶村"是画外之境——一片金黄、光彩灿烂的境界。这一境界必然引起读者遐想，于是产生了非凡的魅力。诚如清初画家笪重光所说，"虚实相生，无画处皆成妙境"（《画筌》）。

> 初日净金闺，先照床前暖；
> 斜光入罗幕，稍稍亲丝管；
> 云发不能梳，杨花更吹满。
>
> ——［唐］王昌龄《初日》

宗白华解说道："这诗里的境界很像一幅近代印象派大师的画，画里现出一座晨光射入的香闺，日光在这幅画里是活跃的主角，它从窗门跳进来，跑到闺女的床前，散发着一股温暖，接着穿进了罗帐，轻轻抚摩一下榻上的乐器——闺女所吹弄的琴瑟箫笙——枕上的如云的美发还散开着，杨花随着晨风春日偷进了闺房，亲昵地躲上那枕边的美发上。诗里并没有直接描绘这金闺少女（除非云发二字暗示着），然而一切的美是归于这看不见的少女的。这是多么艳丽的一幅油画呀！"如此解说颇有道理。须知，这段话旨在表明："诗和画的圆满结合（诗不压倒画，画也不压倒诗，而是相互交流交浸），就是情和景的圆满结合，也就是所谓'艺术意境'。"（宗白华《美学的散步》）就艺术技巧而论，"这看不见的少女"是诗人故意留下的空白，为了让读者在冥想之中看见她。即使有"云发"二字的暗示，那个少女的"形"也仍然是不完全的"形"，这也是诗人故意如此简化的。留白也罢，留下不完全的形也罢，都是为了提高作品感人、动心的审美效果。

味欲其鲜

在我国的文论里,首先以"味"来品诗的文人就是钟嵘,他在《诗品》中说:"五言居文词之要,是众作之有滋味者也。"又说:"使味之者无极,闻之者动心,是诗之至也。"从言志说,到缘情说,再到滋味说,这是一个不小的变化,说明鉴赏标准逐渐多样化了。古代印度文学理论中也有滋味说,十四世纪的著作《文镜》讲述"味"的本质时说,"味"是完整的,并且强调作品要有"味"。泰戈尔也说,"语言描绘的画之所以受到尊重,并非因为它逼真,而是因为语言在其中注入了一种人的情味。因而,这幅画使我们的心灵感到一种特殊的亲切感。"此话不无道理。下面举个例子来谈:

  日落沙明天倒开,
  波摇石动水萦回。
  轻舟泛月寻溪转,
  疑是山阴雪后来。

——[唐]李白《东鲁门泛舟》

这首诗写得颇有味道。傍晚的景象既平常又不平常。"日落沙明",平常;"天倒开",不平常。诗人用了"天倒开"三字,化平常为神奇——"日落"时回光返照,使水中的沙洲与天空的倒影分外鲜亮,给人以"天开"之感。这也是诗人的一种实感。按常理应该波摇石不动。"石动"是诗人的错觉,也是诗人的实感。诗人通过语言来描绘小溪景象,"注入了一种人的情味"——诗人的主观感受,景象变形了,艺术化了,令人感到景象的新奇。"泛"者漂浮也。"泛舟"即坐船游玩。诗人在诗题上用"泛舟"二字,而在诗中用了"泛月"二字,表现出诗人当时的精神状态。月光映射水面,铺上一层粼粼的银光,小船好像漂浮在月光之上,缓缓移动,凸显了舟中人陶然心醉飘飘然的情态。诗人之所以能描绘出这样"一种完整的味的形象"(泰戈尔语)——"轻舟泛月"之妙境,就是因为他在图画中注入了"语言的惊异情味"(泰戈尔语)。在这首诗的结尾,诗人只信手拈来一个"乘兴而来、兴尽而返"的典故,表明自己物我两忘的心境,便戛然而止,余韵悠然,给人一种回味无穷的审美享受。总之,诗中有"鲜味""真趣",才会引人品尝、传诵。袁枚说得对:"味欲其鲜,趣欲其真,人必知此,而后可与论诗。"

梦与创作

弗洛伊德在《精神分析引论》中说:"健康正常的人也会做梦。"他还认为:"白日梦是幻想的产物。""有些白日梦则形成长篇故事……它们形成了诗人作品的基本材料。有些文学作品即以这种白日梦为材料,因为文学家是把自己的白日梦加以改造、变形、化装或删削,以作为小说故事、戏剧中的情景。然而,白日梦的主角往往是做梦者本人,或直接出现,或暗中以他人作为自己的写照。"这种看法,不无道理。可见,梦幻与文学创作是有关联的。就诗歌创作而论,情感和幻象都是诗的要素。"诗中首重情感,次则幻象,幻象真挚,则无景不肖,无情不达。"(闻一多语) 歌德在《浮士德》里写了许多幻象。由于幻象与社会现象的结合,就构成了形象繁多、诗意充沛的宏伟场景。屈原《离骚》里的许多幻象,十分奇丽。这些幻象与事实的叙述、真挚的抒怀交织在一起,构成了波澜壮阔、结构完美的伟大篇章。李白写的《梦游天姥吟留别》是一首记梦诗,也是一首游仙诗。诗中展现出一幅幅瑰丽变幻的奇景,令人惊心动魄、心驰神往。诗人通过对梦境的描绘,表现了追求自由、摆脱困境的愿望。

再举例言之。

> 十年生死两茫茫，不思量，自难忘。千里孤坟，无处话凄凉。纵使相逢应不识，尘满面，鬓如霜。
> 夜来幽梦忽还乡，小轩窗，正梳妆。相顾无言，惟有泪千行。料得年年肠断处，明月夜，短松冈。
> ——［宋］苏轼《江城子》

这是悼亡之作，也是记梦之作。经过十年宦海沉浮的苏轼，在这首词中表达了对亡妻深挚的思念之情。"积思成梦"，合乎生活的逻辑。乙卯正月二十日夜，苏轼做了一个梦，在梦中同妻子王弗相见——"小轩窗，正梳妆。相顾无言，惟有泪千行。"妻子还同往常一样在窗前梳妆打扮。这再现了妻子以往生活的实际情形，幻中有实，情味浓。夫妻十年分离，一旦重逢，本来就有千言万语要说，却不知从何说起，所以只是互相注视着，一句话也说不出来，代替话语的只是满面的泪水。这无言的注视和如泉的泪水所包含的感情，是任何语言都难以表现出来的。这无声有泪的场景，既符合生活的真实，又取得了"此时无声胜有声"的艺术效果。作者把哀思、感慨、梦境和月下孤坟有机地结合起来,于是深婉而挚切的感情得到了形象化的表现,感人至深。

  洞房昨夜春风起,遥忆美人湘江水。
  枕上片时春梦中,行尽江南数千里。
——[唐]岑参《春梦》

  "日有所思,夜有所梦",人皆如此。做梦是很平常的事,可是经过诗人的艺术处理,往往会成为动人的画面。本诗写的是,因想念"美人"而成梦,在"片时春梦中","行尽江南数千里"。这是用时间的速度和空间的广度,来显示感情的强度和深度。写这样的梦境,还暗示两人相处时的蜜意深情。此诗的语句是朴质的,诗人就是用这种朴质的语句,来抒发由性灵肺腑流出的至真之情,所以令人感动。

  别梦依依到谢家,小廊回合曲阑斜。
  多情只有春庭月,犹为离人照落花。
——[唐]张泌《寄人》

  这是一首情诗。前两句写梦境——在幽静的春夜,别后的梦魂来到情人家，在回廊里、曲栏边与情人相会。第三句说，"春庭月""多情"。这就把"月"人格化了，妙！末句写月下之景——"月""为离人照落花"。景中的人是"离人"，景中的花是"落花"。这样的景象，含义丰富，启人联想。

梦的作用

在弗洛伊德看来，梦是一种心理现象，是一种愿望的实现，是一种清醒状态精神活动的延续。他在《释梦》中论述了这一看法："梦并不是无意义的，并不是荒谬的……它是一种具有充分价值的精神现象，而且确实是一种愿望的满足……它是通过高度错综复杂的理智活动而被建造起来的。"因此，他认为，梦是可以解释的，白日梦也是梦。他在《精神分析引论》中指出："白日梦之所以为梦，或因其和实际情形的关系犹如梦一样，而其内容之非实在也和梦有相同的心理特征。"他还指出："白日梦是幻想的产物；它们是很普遍的现象，无论健康或患病的人都会有，而做白日梦的人自己也很容易加以研究。"对于"梦"的作用，他的看法是："有些白日梦则形成长篇故事……它们（指白日梦）形成了诗人作品的基本材料。有些文学作品即以这种白日梦为材料，因为文学家就是把自己的白日梦加以改造、变形、化装或删削，以作为小说故事、戏剧中的情景。然而，白日梦的主角往往是做梦者本人，或直接出现，或暗中以他人作为自己的写照。"这些看法颇有道理。下面举几个例子来谈。

年轻的歌德开始创作的时候,正是德国文学史上第一次浪漫主义运动,即所谓"狂飙运动"兴起的时期。有一天,歌德听到一个青年男子因失恋而自杀的消息,大受震动,随即想出一本书的结构框架,然后一口气把它写成。对于写得这样快,他感到惊讶,跟友人说:"这本小册子好像是一个患睡行病者在梦中作成的。"这本书,就是满载盛誉的《少年维特之烦恼》。

马雅可夫斯基想写一首诗,表现一个孤独的男子对妻子的深情,苦思两天也想不出妥帖新颖的诗句,头晕了,心烦了,昏然睡去。睡梦中,突然出现了恰当而生动的诗句:

  我将保护和疼爱
  你的身体,
  就像一个在战斗中残废了的
  对任何人都不需要了的兵士
  爱护着
  他唯一的一条腿。

当代作家叶文玲在回答有关"梦"的问题时明确地说:

"在梦中'构思',并觉得自己仍在写作,这情况常有,有时在将醒而未全醒时,忽然'冒'出一篇小说的构思,或是某段场景、某段对话,这时若是马上惊醒,就好了,有时因疏懒,未能马上将它记下来,慢慢地也就忘了……"

艺术史上,这样的例子实在不少。

宋代散文家、诗人欧阳修曾写过一首题为《梦中作》的诗:"夜凉吹笛千山月,路暗迷人百种花。棋罢不知人换世,酒阑无奈客思家。"

这首诗写了梦中情景的几个片段。

第一个片段:诗人身在千山冷月的环境之中,颇有些凉意,不禁拿起笛子,横吹一曲。"千山"是荒寒之地,"千山月"是凄清之景。此时,此地,加上笛声袅袅,"何人不起故园情"!这曲折地反映了诗人远谪边陲、宦途失意时的心境。

第二个片段:诗人从千山冷月的环境里,忽然飘入百花丛中。"路暗"自然要"迷","百种花"自然令人眼花缭乱。在迷离恍惚之中,实在进退两难,不知出路何在。这是诗人另一种官场生活的曲折的反映。

第三个片段:诗人下完棋之后,竟不知换了人间。这样的场景,曲折地表现了诗人消极的人生观和无可奈何的心情。

第四个片段：诗人饮酒"思家"。诗人贬谪滁州后，曾自称"醉翁"。他说："醉翁之意不在酒，在乎山水之间也。"按此诗之意来说，"醉翁之意"也并非"在乎山水之间"，而在于自我麻醉。可是自我麻醉，仍然摆脱不掉苦闷，消除不了思家的念头，真是无可奈何！这样的心情，同前面所表现的几种心境是一脉相通的。

此诗造境变幻迷离，似梦非梦，"如空中之音，相中之色，水中之月，镜中之象"。所以陈衍在《宋诗菁华录》中说它"如有神助"，又说它"高妙"。有人认为，它的"高妙"在于它有一种不可捉摸却又似乎可以捉摸的美。其实它的"高妙"之处，就在于作者诗化了梦境——"这里情感好比是水，上面飘浮着景物。一种忧郁美丽的基本情调，把几种景致联系了起来。化实为虚，化景物为情思，于是成就了一首空灵优美的抒情诗"（宗白华《美学与意境》）。

记忆的作用　时间的作用

关于"记忆"的作用,鲁枢元在《创作心理研究》中指出:"在作家、艺术家看来,记忆,并不都像理论家所断定的,只是对于过去感知过的东西的重复和再现。记忆并不是一种完全被动的心理功能,而是一种重建活动,是一种创造性的心理活动,情绪记忆尤其如此。"

关于"时间"的作用,斯坦尼斯拉夫斯基指出:"时间是一个最好的过滤器,是一个回想所体验过的情感的最好的洗涤器。不仅如此,时间还是最美妙的艺术家,它不仅洗干净,并且还诗化了回忆。由于记忆的这种特性,甚至于很愁惨的现实的以及很粗野自然主义的体验,过些时间,就变成更美丽、更艺术的了。"(《斯坦尼斯拉夫斯基全集》第二卷)鲁枢元解说道:"这就是说,在记忆中'愁惨的现实'和'自然主义的体验'被诗化了,被变得'更美丽''更艺术'了。可以说,客观的现实生活,……一旦走进文学艺术家的情绪记忆之中,便已经开始接受'记忆'这个熔炉的提炼。……这种'自然',早已在他们的记忆过程中心灵化了、

诗化了、艺术化了,甚至是现实主义化了。"此乃透辟之论。在此,试举几首诗词为例:

> 江南好,风景旧曾谙。日出江花红胜火,春来江水绿如蓝。能不忆江南?
>
> 江南忆,最忆是杭州。山寺月中寻桂子,郡亭枕上看潮头。何日更重游?
>
> 江南忆,其次忆吴宫。吴酒一杯春竹叶,吴娃双舞醉芙蓉。早晚复相逢?
>
> ——[唐]白居易《忆江南》三首

白居易曾经在杭州、苏州做过刺史。这三首《忆江南》,是他晚年在洛阳写的,词中洋溢着他亲切回忆江南的真挚之情。

"日出江花红胜火,春来江水绿如蓝。"——这不是纯粹客观地描写景色,而是诗化了的景象。这一景象具有高度的典型性、形象性:春来百花盛开,已极红艳;红日普照,更红得耀眼。因同色相烘染而提高了色彩的明亮度。春江水绿,红艳艳的阳光洒满了江面、江岸,更显得绿波粼粼。因异色相映衬而加强了色彩的鲜明性。江花红，江水绿，二者互为背景。于是红者更红，绿者更绿，展现出色彩绚丽、耀人眼目的江南春色。

"山寺月中寻桂子，郡亭枕上看潮头。"——这是实况经过"记忆"的提炼而变成的艺术画面。一位诗人在月下徘徊，时而举头望月，时而低头"寻桂子"；潮汛期来了，他就在郡亭看潮，观赏"潮头高数丈""声如雷鼓"的壮丽景色。展示出的画面很生动，引人入胜。诗人用"寻""看"二字，写人物动态，甚妙！使得景中有人，景中有情，于是乎，情与景合，意与境谐，诗意盎然，耐人咀嚼。

"吴酒一杯春竹叶，吴娃双舞醉芙蓉。"这是经过时间的过滤，在白居易的记忆中留下的场景。所谓"春竹叶"，可以解释为春天酿造的酒，也可以解释为能给饮者带来春意的酒。"醉芙蓉"是对"吴娃双舞"的形象描绘。以"醉"字形容"芙蓉"，极言那花儿像美人喝醉酒似的红艳。"娃"，美女也。西施被称为"娃"，吴王夫差为她修建的住宅，叫"馆娃宫"。开头说"忆吴宫"，既为了与下文协韵，更为了唤起读者对西施这位绝色美女的联想。可以说，"吴娃双舞醉芙蓉"，既是真实场景的反映,更是艺术化了的场景之展现。换言之,"吴娃双舞醉芙蓉",是诗人白居易创造性地重建出来的艺术形象。

> 昔年乘醉举归帆,隐隐山前日半衔。
> 好是满江涵返照,水仙齐着淡红衫。
>
> ——[宋]李觏《忆钱塘江》

这首诗描写记忆中的钱塘江。诗人既然描写记忆中的景物,其心理活动就必然不是完全被动的心理活动,而是"一种创造性的心理活动"。也就是说,钱塘江的景物,一旦走进诗人李觏的情绪记忆中,就变得心灵化了、诗化了、艺术化了。夕阳西下,整个大江都映照在日光返照的灿烂光辉中,江上缓缓行进着的素雅的水仙们,一齐穿上了淡红色的衣衫。这样的景致多么绚丽动人!江中本来没有水仙,可是诗人却觉得斜阳照射着的白帆,就像穿着淡红衫的水仙。这是醉后所产生的幻觉,也是诗兴勃发时的艺术想象。想象同记忆合作,导致物象"变形",促使物象心灵化、艺术化。别林斯基说:"在艺术中,起着最积极和主导的作用的是想象。"(《别林斯基选集》第二卷)此实为卓见。

诗善醉

刘熙载曾论及诗的特质,他说:"文所不能言之意,诗或能言之。大抵文善醒,诗善醉,醉中语亦有醒时道不到者。"(《艺概·诗概》)此见解不无道理。刘熙载提出"文善醒,诗善醉",说出了诗文的区别,揭示了诗的特质。他所指出的"文所不能言之意,诗或能言之",的确如此,并非虚言。下面举例言之。

春眠不觉晓,处处闻啼鸟。
夜来风雨声,花落知多少?
——[唐]孟浩然《春晓》

这首小诗,精练而完美地表达出淡淡的喜春、惜春之心情,流露出淡淡的甜美、忧伤之情绪,写得自然而然,妙!要是用文章来表达这样的心情、情绪,那就难了。

白发三千丈,缘愁似个长。
不知明镜里,何处得秋霜。
——[唐]李白《秋浦歌》(其十五)

这首诗被视为千古绝唱。第一句"白发三千丈",是多么奇特的夸张,表现了李白的惊讶和哀愁。文章能如此夸张吗?能表现出这样的哀愁吗?

> 花间一壶酒,独酌无相亲。
> 举杯邀明月,对影成三人。
> 月既不解饮,影徒随我身。
> 暂伴月将影,行乐须及春。
> 我歌月徘徊,我舞影零乱。
> 醒时同交欢,醉后各分散。
> 永结无情游,相期邈云汉。
>
> ——[唐]李白《月下独酌》

诗中描绘了诗人在月下"花间"独自饮酒的情景——诗人"举杯邀明月,对影成三人",三人一块喝酒,月亮和影子似乎醉了,跟诗人一同翩然起舞。诗人通过丰富的想象,创造了这样奇特而优美的境界。此诗语言生动流畅,格调高迈超逸,在旷达俊逸之中显露出深沉的孤寂和幽愤。须知,这首诗是李白醉后用醉语抒写的诗,头脑清醒的醒者则不可能写出这样的诗。

诗与历史

> 燕昭延郭隗,遂筑黄金台。
> 剧辛方赵至,邹衍复齐来。
> 奈何青云志,弃我如尘埃。
> 珠玉买歌笑,糟糠养贤才。
> 方知黄鹤举,千里独徘徊。
>
> ——[唐]李白《古风》(其十五)

这首诗是李白遭谗去朝后所作。诗人运用古今对比的手法,称赞燕昭王敬重郭隗,礼聘贤士(剧辛、邹衍),揭露了当时统治者的昏庸腐朽——当朝权贵为了寻欢作乐,竟然以珠玉买笑;对待贤士却是弃之如尘埃,养之以糟糠。这样的比较,给人以异乎寻常的感觉和深刻的印象。结尾以黄鹤为喻,坦率地抒发出自己的愤懑之情。诗人宣泄感情,何其强烈!读了此诗,即深知"诗人之眼,则通古今而观之"(王国维语);诗人之手,则联古今而写之。闻一多说:"历史与诗应该携手:历史身上要注射些感情的血液进去,否则历史家便是发墓的偷儿,历史便是出土的僵尸;至于诗这个东西,不当专门以油头粉面、娇媚态去逢迎人,她应该有点骨格,这骨格便是人类生活的经验……"(《闻一多选集》第一卷,《邓以蛰〈诗与历史〉题记》)此话深切中肯,诚至论也。

咏史

咏史诗是以史为题材的诗作。既然以史为题材,就必然有所评说。诗中可以评说,只是与散文中的评论有区别。诗中的评说,不应该是抽象的说教,应该含蓄不露,留有余地,还必须有鲜明生动的形象和情趣。诗中的评说,往往是通过形象、场景、事件来实现的。换言之,诗中的评说,是暗示给读者的。兹举一例。

> 铁马云雕共绝尘,柳营高压汉宫春。
> 天清杀气屯关右,夜半妖星照渭滨。
> 下国卧龙空寤主,中原得鹿不由人。
> 象床宝帐无言语,从此谯周是老臣。
>
> ——[唐]温庭筠《经五丈原》

这是一首七律诗,也是一首咏史诗。

第一句写蜀军将士出征。"铁马云雕",表现出蜀军旌旗猎猎、战马啸啸、军伍整肃;"共绝尘",表现出蜀军声势浩大、行军神速、气势凌厉。这样的描写,凸显诸葛亮善于治军的才能。

第二句写诸葛亮屯军五丈原给曹魏以巨大的压力。"柳营",即细柳营。"第二句借用细柳营以比武侯之营。"(姚鼐《五七言今体诗抄》)诗人用这个典故,把诸葛亮比作西汉初年治军有方的周亚夫,表现出对诸葛亮的敬佩之情。

三、四两句叹惋诸葛亮在战争的关键时刻死去。"天清杀气",凸显战争的气氛。"妖星"一词,表达了诗人对诸葛亮赍志而殁的无比痛惜。

五、六两句慨叹诸葛亮呕心沥血而事业未成。一个"空"字,表现了刘禅昏庸愚昧不可理喻,又表现了诸葛亮鞠躬尽力,还表现了对刘禅的痛恨和对诸葛亮白费心血的叹惋。

最后两句写诸葛亮死后刘蜀的结局。祠庙中的诸葛亮像已无话可说、无计可施了,而力主投降的谯周从此是"老臣"了,这是对佞臣昏君的讽刺。诚如沈德潜在《唐诗别裁集》中所说:"讥之比于痛骂。"

此诗前四句全是写景,但景中有含意。后四句夹叙夹议,却和一般抽象的议论不同。诗篇巧妙地把两种人物加以对照比较,来表达诗人的褒贬之意、爱憎之情。这样写很含蓄。诚如梅成栋在《精选七律耐吟集》中所说:"收二句痛煞、愤煞之言,却含蓄无穷。"

咏物

　　诗人咏物,应当带有强烈的主观色彩、主观意识,还应当带有深刻的感触。品诗者说:"咏物贵寄托。"此话在理。

　　不论平地与山尖,无限风光尽被占。
　　采得百花成蜜后,为谁辛苦为谁甜?

——[唐]罗隐《蜂》

　　这首咏物诗,既以"蜜蜂"况人,赞美终日勤劳、为社会创造财富的劳动者,又借用自然现象以比社会现象,谴责世上那些不劳而获的剥削者。最后一句问道:"为谁辛苦为谁甜?"这是为劳苦大众鸣不平,表达出愤世嫉俗之情。由此可知,诗人罗隐的主观意识多么强烈,对社会现象的体会何其深刻!

　　辛苦孤花破小寒,花心应似客心酸。
　　更凭青女留连得,未作愁红怨绿看。

——[宋]范成大《窗前木芙蓉》

这是一首赞颂木芙蓉的咏物诗。

首句高度概括木芙蓉的精神、品格，突出木芙蓉非凡的形象。次句写推想——"花心"应该像游子之心一样悲苦酸楚吧。三、四两句写木芙蓉向霜神"青女"挑战——你想逗留多久就逗留多久，我决不会受了你的欺压，表现出一副"愁红怨绿"的可怜相。这不仅彻底否定了第二句的推想，而且凸显了强者之傲骨。由此可知，诗人范成大咏物，旨在言志。此诗语句生动，具有强烈的感情色彩和主观意识。

两首咏物诗

草木在人间,去来有时节。
枯叶恋高枝,自觉无颜色。
——[清]袁枚《枯叶》

白日不到处,青春恰自来。
苔花如米小,也学牡丹开。
——[清]袁枚《苔》

这两首咏物诗含寄托,有意味。

"枯叶"是平常物,诗人袁枚"带一颗能观察、能感觉的心"(华滋华斯语)来看它,于是有了新的发现——"枯叶"觉得自己"无颜色",却仍然"恋高枝"。这样写,启人联想。诗人下一"恋"字,妙!妙在"枯叶"有了某种人的心态,颇含讽刺意味。

《苔》,这首诗虽短小,却闪耀着哲理美的光辉。"白日不到处",无疑是困境、逆境,但困境、逆境并非绝境。"苔"在这样的困境、逆境中,照样能生存,能发展,能开花。"苔"的这种坚韧性,令人钦佩。"苔花如米小,也学牡丹开。"这是强者自信的表现,是对自我价值的肯定。根据主客观条件,"苔"只能开出小花。这小花虽很小,却是不平凡的花,值得肯定、珍视、赞赏。

袁枚说:"夕阳芳草寻常物,解用多为绝妙词。"(《遣兴》)诚者斯言。"解用",即懂得用,这是将"寻常物"变为"绝妙词"的关键之所在。"解用"的前提是审美意识和巧妙的构思。须知,有所寄托也是一种"巧妙的构思"。概而言之,写咏物诗,不能单纯描写物的形态,而应当寄寓某种深意,让人思索,令人回味。

不要用"空浮"之语

老舍在《文学概论讲义》里说:"诗是言语的结晶,文字不好便把诗毁了一半;创造是兼心思与文字而言的。空浮的一片言语,不管典雅还是俗浅,都不能算作诗。"这是确当的话。此话明确地告诉作诗的人:必须在"言语"方面下一番功夫,不要用"空浮"之语。写诗的人当然有"心思"——一定的体验、感情和思想。为了生动地表达"心思",作者就必须利用词(或字)的表现力以及句子的安排和语言的节奏。在表现手段的特点与作者的体验统一中表现出作品的内容和形式的统一,这才合乎艺术性的基本要求。换言之,强化言语的艺术性,是为了增强表情达意的生动性。"空浮的一片言语",既无言语之美,又不能表现出独特的体验,因此不可能引起读者的兴趣。只有诗的言语,才能引起读者新颖的感觉、深刻的思考。不妨举个例子来谈。

岐王宅里寻常见,崔九堂前几度闻。
正是江南好风景,落花时节又逢君。

——[唐]杜甫《江南逢李龟年》

这首诗只有四句，这四句不是"空浮的一片言语"，而是言语的结晶。诗题提到的李龟年，是唐玄宗开元、天宝时期声名赫赫的大歌唱家。杜甫在十四五岁时，曾在洛阳听过他歌唱。"安史之乱"后，李龟年也流落江南。大历五年（770）春末，杜甫在长沙与李龟年又偶然相遇，前后已隔四十多年了。诗人抚今追昔，感慨万千，写了这首绝句。语极精练，而含意深远。

前两句写过去。"宅里""堂前"，记初逢之地。"寻常见""几度闻"，记听歌之频。诗人杜甫在少年的时候，就已经在文坛崭露头角，为当时名辈所推重。因此，他才能到岐王宅里、崔九堂前，听李龟年歌唱。"寻常见""几度闻"，凸显了开元时期丰富多彩的文化生活以及两位文艺名流意气风发的精神状态。在前两句诗的咏叹中，流露出对"开元全盛日"的无限眷恋。

后两句写现在。"江南好风景"，恰恰成了乱离时世和沉沦身世的有力反衬。"落花时节"四字有弦外音、言外意，令读者联想起世运的衰颓、社会的动乱和诗人的衰病漂泊。"正""又"两个虚词用得精准，一起一转，一扬一顿，形成一种意味深长的语调和跌宕起伏的节奏，其间蕴藏着无限感慨。此诗高妙之处在于含蓄。全诗只言相识相逢，不言离愁别绪，而国事的盛衰治乱、人事的悲欢离合，都在其中。诗人写到"又逢君"，便戛然而止，不愿多说一句，留下无限空间，使读者继续思考，真是蕴藉至极——在无言中包含着深沉的慨叹和痛定思痛的悲哀。这首绝句容量很大，含有丰富的生活体验，诚如孙洙所说："世运之治乱，年华之盛衰，彼此之凄凉流落，俱在其中。"他还认为此绝句是杜诗的压卷之作。这一看法不无道理。

要有独特的使用语言的方式

"任何诗人都不应当从某些备受推崇的正统店铺里借用现成的语言。他不仅应该有他自己的种子,而且应该有他自己的土壤。每个诗人都有自己独具的语言媒介——这并不是说所有语言都要是他自己创造的,而是说他个人要有独特的使用语言的方式,使语言具有生活的魔力,把语言转化成他自己创作的特殊工具。"(泰戈尔《一个艺术家的宗教》)就诗歌创作而论,诗人必须掌握这一"特殊工具",否则就无法完善地表达自己内心中的诗意。兹举一例说明。

> 池水从幽暗中
> 高高擎起百合花。
> 那是池水的抒情诗,
> 太阳说,它们真好。
> ——[印度]泰戈尔《流萤集》(其五)

池水中有百合花,这是一般的景象,不足为奇,可是在泰戈尔的笔下,却成了诗化的境界。为什么泰戈尔能化平常为神奇？就是因为他掌握了独特的使用语言的方式。名词"池水""百合花"与动词"擎起"，都是常用词，但，它们组合在一起成为一句话，就不是从正统店铺里借用现成的语言，而是泰戈尔自己创造的诗的语言。"池水"与"擎起"搭配，显示了"池水"的动态美、新奇美。"擎起"与"百合花"搭配，突出了"百合花"，令人联想到亭亭玉立之态。"是"表示肯定判断，这个字下得有力！肯定"百合花"就是"池水的抒情诗"。"池水的抒情诗"，此语极妙！池水本是无情之物，可是在泰戈尔心中、笔下，池水获得了新质——不但有了感情，而且能写出抒情诗了。池水的抒情杰作就是"百合花"。它们都得到"太阳"的称赞。"太阳"说的"真好"，是对它们的崇高的评价。名词"太阳"与动词"说"，都是常用词，它们一经组合，就不平凡了，给人以神奇的感受。在"太阳"的灿烂光辉照耀下，"池水"与"百合花"组合而成的境界，更光彩夺目、美妙动人。

词句的超常搭配

诗人为了达到某种新奇、生动的艺术效果，在使用语言时，往往采用超常搭配的手段来组合词句。所谓超常搭配，简言之，即是：组合词句时，突破语义限制、范围限制、习惯限制。穆木天写《泪滴》，就用了超常搭配的手段。《泪滴》这样写道：

> 我听见你的珍珠的泪滴
> 滴滴在你的蔷薇色的颊上
> 在萧萧的白杨的银色荫里
> 周围罩着薄薄的朦胧的月光
> ……
> 啊 妹妹 你的泪滴苦如黄芹
> 啊 妹妹 你的泪滴甜如甘蜜
> 你的泪滴是最美的新酒
> 啊 妹妹 我最爱吃

诗人在《泪滴》中说，"听见泪滴""泪滴是酒""我爱吃"。这样说很新奇，打破了通常的语言程式、规范。

蔡清富解析道："这首诗在爱情描写上很不一般化：泪滴是诉之于人的视觉而不是诉之于听觉的。诗人偏说：'听见你的真珠的泪滴'；眼泪是可感而不可食的，作者偏说'我爱吃'。这种异乎寻常的写法，表达了体贴入微的爱情。诗人对泪滴滋味的不同描写，也很耐人回味：看到情人流眼泪，心里难受，便说'泪滴苦如黄芹'；从对情人爱之深的角度写，又说'你的泪滴甜如甘蜜'，'是最美的新酒'。"由此可见，运用这种异乎寻常的写法，可以增强诗的表现力与艺术感染力。下面再举两例：

玉阶生白露，夜久侵罗袜。
却下水精帘，玲珑望秋月。

——［唐］李白《玉阶怨》

这首诗写宫怨却没有一个"怨"字，而是以环境与人物相对照，把宫女的怨情渲染得深沉浓重。诗句精练，含蓄隽永。结句中的两个词搭配是超常搭配。"玲珑"是形容词，它与动词"望"搭配，显然不合常规。"玲珑"指什么不明确，含糊不清，不知道它是指"水精帘"，还是指"宫女"；不知它是指"月光空明"，还是指"总的景象"。诗人意在使之模糊,因为模糊可增诗味。诗人用了"玲珑"一词,凸显妙境。下一"望"字,使所立之"象"鲜活了,深刻地表现出宫女的感情。

> 不知香积寺,数里入云峰。
> 古木无人径,深山何处钟?
> 泉声咽危石,日色冷青松。
> 薄暮空潭曲,安禅制毒龙。
>
> ——[唐]王维《过香积寺》

这首诗是写寺的名篇。周珽说:"极状山寺深僻幽静。篇法、句法、字法入微入妙。"(《唐诗选脉会通评林》)黄生说:"幽处见奇,老中见秀,章法、句法、字法,皆极浑浑,五律中无上神品。"(《唐诗摘抄》)沈德潜说:"'咽'与'冷'见用字之妙。"(《唐诗别裁集》)古人如此评价不无道理。"泉声咽危石,日色冷青松",历来被推为写景名句。流泉为高险的山石所阻,不得不曲折盘旋而下,发出幽咽之声;日光因透过青松浓荫,减退了不少热量,令人觉得清幽冷冽。前一句摹声,后一句拟色,声、色对映,逼真如画,宁静安谧的氛围,为深藏其中的禅林古刹蒙上了神秘的色彩。"泉声咽危石"中的三个词搭配和"日色冷青松"中的三个词搭配,都是"超常搭配"。如此搭配有何妙处?滕守尧做了解析:"这两句诗显然是通过语序的颠倒而造成'泉声'(施动者)与'咽'(动作)之间、'日色'与'冷'之间的不般配,从而使其语义变模糊。按照常识,应该是'在危岩上,泉声流过,发出鸣咽的声音;在青松间,日色顿时变得冷凉'。这样的顺序清晰固然清晰,却把诗变成了散文,从而毫无诗味。经过颠倒之后……我们就搞不清是泉声使危石咽,还是泉自己在咽;也搞不清是青松把日色变冷,还是日色把青松变冷(是由于日色之热与青松之凉的对比使然?)。但不管怎样,都造成了施事者与动作之间的不般配。这种不般配,立即把泉声、危石、日色和青松变成了有生命、有感情的东西,这种大转变,会引起读者一连串联想:是一个失意者在危岩上鸣咽?还是冷酷的现实使作者满腔热血变冷?……这些联想明显地增加了诗的含义,多种意义在人的脑海中激荡,生发出浓郁的诗味。"概而言之,就是:"妙在含糊"(谢榛语)。

诗要有暗示性

穆木天在《谭诗》中指出:"诗的世界是潜在意识的世界。诗是要有大的暗示性。诗的世界固在平常的生活中,但在平常生活的深处。诗是要暗示出人的内生命的深秘。诗是要暗示的,诗最忌说明的。说明是散文的世界里的东西。诗的背后要有大的哲学,但诗不能说明哲学。"此话有道理,既表明了诗的艺术特征,又表明了诗与散文的分界。穆木天的诗之所以耐人寻味,就在于它有较大的暗示性。他抒写内心的郁闷、低回情绪,并不直接说出,常通过关于薄雾、细雨、夕暮、落花、流水、残灯等的描写,暗示给读者。《雨丝》这样写道:

一缕一缕的心思

织进了纤纤的条条的雨丝

织进了渐渐的朦胧

织进了微动微动微动线线的烟丝

……

无限的雨丝

无限的心思

> 朦胧朦胧朦胧朦胧朦胧
> 纤纤的织进在无限朦胧之间

　　读后便知，诗人以朦胧的"雨丝"暗示朦胧的心思。"一个人的朦胧心思是抽象的，可以自感而难以言传。自然界的雨丝是具体的，它有动作（"微动"），有声音（"淅淅"），有朦胧的形象，人们容易感受到。作者将心情的流动融入雨丝的律动中去，使二者发生交织、交响，这样就可以使读者通过自然界朦胧的雨丝，去感受诗人朦胧的心思"。（蔡清富《论穆木天的〈旅心〉》）

　　须知，暗示同象征有共同之处：目的是要说甲，却不直接讲甲，只讲乙，因为乙和甲有关系，读者通过联想可以从乙想到甲。但是，象征一般只指具体的东西表现抽象的意义，范围较窄；暗示所指的范围则宽一些，凡是以乙示甲的说法都可以称作暗示。比如，唐代诗人刘长卿写的一首诗《送李判官之润州行营》，其中就有暗示。此诗这样写道：

> 万里辞家事鼓鼙，金陵驿路楚云西。
> 江春不肯留行客，草色青青送马蹄。

前两句赞李判官万里辞家去从戎，沿着驿路直到大江东。后两句写"送别"。此诗之妙，就妙在后两句。诗人不说想挽留友人（即李判官），却说"江春不肯留行客"——江上春光留不住"行客"呀！这是暗示自己想挽留友人，却留不住，只好送别。诗人又不说友人骑马远去，自己还望着即将消逝的友人背影，却说"草色青青送马蹄"——青青的芳草送马启程。这是暗示自己对友人依依不舍之情。由此可知，诗人抒写时用了暗示、拟人的手法，生动形象地表达了离愁别绪。

诗中议论

康白情称:"诗是主情的文学。"此话在理。须知,在诗中也可以议论。但,诗中的议论跟一般抽象的议论不同。要使诗中的议论有情味,有诗意,非常动人,就必须与抒情、描写相结合。

白日依山尽,黄河入海流。
欲穷千里目,更上一层楼。

——[唐]王之涣《登鹳雀楼》

这首五绝是久负盛名的杰作。前两句写眼前所见之景,境界阔大,气势雄浑,景色壮丽,内涵丰富。后两句议论,把登临的一腔豪情抒发到了极致。"欲穷千里目,更上一层楼",这两句所包含的哲理,千百年来,成为鼓舞人们自强不息、不断进取的精神力量。概而言之,此诗熔景、情、理于一炉,情感炽烈,格调高昂。

请再读:

半亩方塘一鉴开,天光云影共徘徊。

问渠那得清如许?为有源头活水来。

——[宋]朱熹《观书有感》

　　这首诗以塘水作比强调读书的重要。前两句写方塘的景象,着力描绘塘水的清澈。后两句说理,作者就塘水的清澈发议论——塘水之所以这样清澈,就是因为有活水从源头不断流来。如此写景议论,包含着深刻的哲理。关于"诗中议论",邝文解说道:"写诗靠形象思维,一般诗人习惯于叙事写景抒情,这方面唐诗的佳作不少。宋诗由于受理学及当时'以文为诗'的影响,所以往往偏重说理。朱熹这首《观书有感》也是偏重说理的诗。一般来说,偏重说理议论的诗,尤其是只有四句的绝句,是很难写得好的。南宋诗人刘克庄就曾批评过一些议论说理诗不过是些'语录讲义之押韵者耳'(《后村大全集》卷一)。但朱熹这首议论说理绝句却全无给人'语录讲义之押韵者'的感受。相反,它形象生动,说理有趣,诗意隽永,堪称理趣盎然,体会精深。它之所以能有如此效果,一方面决定于作者对为学读书有极其精深的见解,另方面作者既是诗人,又是学者,他平时对社会生活的观察细致入微，能从自然生活中捕捉具体形象入诗，通过具体形象的描绘来达到说理议论的目的。因而这首诗就能寓哲理于形象之中，使诗味与理趣融合为一，既给人以艺术上的享受，又给人以思想上的启迪，堪称议论说理诗中的佳作。"（《诗海采珠》）如此解说颇有道理。

比较和对比有力量

理查德·泰勒在《理解文学要素》中指出:"文学的表述很大程度上有赖于精巧的比较和对比。""精妙的对比和冲突是文学的力量之所在,它能像吸盘一样紧紧地抓住人们的注意力。"此论精辟。我们再从中国诗中征引例证:

自古逢秋悲寂寥,我言秋日胜春朝。
晴空一鹤排云上,便引诗情到碧霄。
——[唐]刘禹锡《秋词》

此诗起承二句,表现出作者在思想上与悲秋之人的尖锐冲突,凸显了诗人刘禹锡坚强的意志和昂扬的精神。这样写,颇有力量。转结二句,描绘了一幅寥廓明净、白鹤冲天的图画,生动形象,既含哲理意蕴,也有艺术魅力。换言之,这首小诗一反过去的悲秋老套,读之令人精神为之一振。

誓扫匈奴不顾身,五千貂锦丧胡尘。

可怜无定河边骨,犹是春闺梦里人。

——［唐］陈陶《陇西行》

诗人陈陶把"无定河边骨"和"春闺梦里人"加以对照比较,深刻地表现了牺牲的惨重和百姓的痛苦。少妇梦见丈夫,深信其仍然活着,毫不疑其已经死去,因此显得感情更深挚,情况更凄惨。此诗通过具体的形象对比,充分表现了战争带给妇女的伤痛特别惨重。这首诗之所以能传诵得非常广泛和长远,正因为诗中的对比令人惊心动魄。这样的对比"像吸盘一样紧紧地抓住人们的注意力"。

越王勾践破吴归,义士还乡尽锦衣。

宫女如花满春殿,只今惟有鹧鸪啼。

——［唐］李白《越中览古》

此诗为天宝初年诗人游越地时作。前三句描述越王勾践破吴称雄的盛况。后一句写眼前的景物荒凉,而当年的繁华景象早已无踪无影。其意在说明世事多变,荣华富贵只不过如过往云烟。诗篇将昔日的繁盛和今日的凄凉,通过具体的景象描写,做了鲜明、强烈的对比,使读者感受特别深切。用热闹的场面来比较、对照凄凉的景象,就令人觉得更凄凉。这种写法,深刻有力,增强了诗的感染力。

诗句的弹性

　　语言符号的多义性，直接影响文学作品，使文学作品成为多义的审美结构。尤其是诗歌语言的多义性，对于丰富诗歌内涵、构成诗的境界，具有很大的作用。诗之妙，妙在诗句的弹性、多义性、模糊性。正如古人所说："句法以两解更入三昧"，"诗以虚涵两意见妙"（钱锺书《管锥编》）。诗句的多义性，往往带来诗句模糊性、弹性。换言之，诗有多解，就是因为诗句蕴含模糊性、弹性。闻一多在《文学的历史动向》一文中说："诗这东西的长处就在它有无限度的弹性，变得出无穷的花样，装得进无限的内容。"诚者斯言。诗人作诗，为了追求意味深长，尽量发挥语言的弹性作用，在句法上弄花样，让诗句变幻出奇。请看：

　　　　金陵津渡小山楼，一宿行人自可愁。
　　　　潮落夜江斜月里，两三星火是瓜州。
　　　　　　　　　——［唐］张祜《题金陵渡》

　　这是张祜漫游江南时写的一首小诗，写出了那么可爱的江南夜色，凸显的境界，清美之至，宁静之至。对诗的尾句，滕守尧做了这样的解说："两三点星火闪耀的地方是不是诗人的家乡瓜州？是又不是，在作者的幻觉中，前面就是瓜州了；而实际上却不是瓜州，——可能是江上的零星渔火，或是江边住户的灯光。这样一种模糊表达对表现某种难以言传的复杂感情是极为有效的。"（《审美心理描述》）可见，"是"字中包含着"否"字，肯定中含有否定。"两三星火是瓜州"，此句妙就妙在它包含着两种截然相反的含义。

> 玉露凋伤枫树林，巫山巫峡气萧森。
> 江间波浪兼天涌，塞上风云接地阴。
> 丛菊两开他日泪，孤舟一系故园心。
> 寒衣处处催刀尺，白帝城高急暮砧。
> ——［唐］杜甫《秋兴八首》（其一）

《秋兴八首》是大历元年（766）秋杜甫在夔州时所作的一组七言律诗。这是第一首，写夔州之秋景和思念故园之情。诗中的五、六两句，曾引起外国学者提问："是花开还是泪流开，系住的是舟还是诗人的心？'他日'是指过去,还是指未来的某一天?……泪是他的眼泪,还是花上的露珠?……他的心是系在这里的舟上,还是在想象中回到故乡,看到了在故园中开放的菊花?"(《比较文学译文集》)由此可见,诗的模糊语言,诗句的"多义""歧义",令人思考,使读者产生浓厚的兴趣。若要确定这两句确切的意思,请看萧涤非的《杜甫诗选注》。此书这样注释:"丛菊两开——杜甫去年秋在云安,今年秋又在夔州,从离开成都后算起,所以说'两开'。'开'字双关,菊开泪眼亦随之而开。他日——往日,指多年来。孤舟一系故园心——杜甫把回乡的希望都寄托在准备东下的一条船上。故园,此处当指长安。"一经如此解释,这两句的意思就清楚明白了。诗毕竟是诗,可以两解或多解。但要注意一点:解释诗句时,不能离开全诗的意境与诗的情感表达,要切合诗的意象内涵。

句式的对称与非对称

德廖莫夫《美育原理》中讲："如果仔细观察任何一个美好的自然形态或艺术作品，我们就会发现在它们之中对称和非对称是辩证共存的。"因此，可以说，"对称"是美的，"非对称"也是美的，"对称"和"非对称"辩证统一则更美。下面以诗为例，来谈一谈：

我们知道律诗是由八句组成的，每两句称为一联：第一、二句称为"首联"（又称"起联"），第三、四句称为"颔联"，第五、六句称为"颈联"（又称"腹联"），第七、八句称为"尾联"。其中颔联和颈联，按规定必须要用对仗。所谓"对仗"，就是两句中的词组结构和词性要相同，互相成对。律诗中的颔联和颈联，也就是两副对联。至于起联和尾联一般不用对仗。由此可知，律诗既用对仗，又不用对仗。用对仗，便显示出"对称"的美，不用对仗便显示出"非对称"的美。律诗的"法式"很美，正因为这种"法式"是"对称和非对称辩证统一"的。

请看一首句子长短不齐的古诗：

秋风清，秋月明。

落叶聚还散，寒鸦栖复惊。

相思相见知何日，此时此夜难为情。

——［唐］李白《三五七言》

这首诗描写相思的愁苦：秋夜沉静，月明风清，落叶飘散，寒鸦惊鸣，此时此景使人倍增思念之情。全诗由三言、五言、七言各两句组成，故题为三五七言。诗人采用这样的语言形式显然受到民歌的影响。三言五言七言的排列组合，形成参差错落的形式，以避免单调、平板，具有一种"参差美"（即"非对称"的美）。此诗也有对偶："秋风清"与"秋月明"相对，"落叶聚还散"与"寒鸦栖复惊"相对，句式整齐匀称，这就有了"对称美"。

请看白居易《忆江南》：

江南好，风景旧曾谙。

日出江花红胜火，春来江水绿如蓝。

能不忆江南？

这首词写春景，展现了鲜艳夺目的江南春色，给人留下难忘的印象。词里有三字句、五字句、七字句。句子长短不齐，有"参差美"，读来朗朗上口。"日出"句和"春来"句是对偶句，有"对称美"。

词是长短句的诗体，长短句互用，句子参差不齐，句式灵活多变，声调和谐，节奏鲜明。就语言艺术的特色而言，词侧重"参差美"，但在参差错落的句子中往往插入对偶句，使句式既有"参差美"，又有"对称美"。

设喻要精彩
湖光秋月两相和，
潭面无风镜未磨。
遥望洞庭山水翠，
白银盘里一青螺。
——［唐］刘禹锡《望洞庭》

这是一首描写洞庭湖的小诗，令人玩味不尽。此诗妙在设喻精彩。"镜未磨"这一比喻，十分巧妙地把洞庭湖的风平浪静的静态和波纹粼粼的动态，既形象又贴切地刻画出来，真是造语入神，匪夷所思。"白银盘里一青螺"这一比喻，形象鲜明，意境优美，把洞庭之美、君山之胜凸显出来,因此成了脍炙人口的名句。由此可见,"一个精彩的比喻,可以使描述的事物和境界豁然开朗,甚至使人能够记它一辈子。平凡的事物,常常也在形容比喻之下变得瑰丽美妙起来了。"(秦牧《拓成功的新路,开一代的诗风》)正因为如此,所以诗人经常运用比喻的手法。有人说,"比喻是诗歌的生命。"此话正确,理由有两点:其一,诗人在创作过程中,不但有形象的思考,而且有比喻性的思考,即"比喻思维"。可见,比喻是创造形象的重要方式之一。其二,"诗的语言的基础是比喻性。诗的语言揭示的是还没有任何人觉察的事物关系,并使其为人永远不忘"(雪莱语)。

　　雪莱关于"诗歌语言"的论述,表明了一个道理:精彩的比喻之所以高妙神奇,其原因就是它揭示了"还没有任何人觉察的事物关系"。因此,要想发明新奇的比喻,就必须在事物面前有独特的感觉,能敏锐地发现别人还没有觉察到的事物之间微妙的关系。

欢愉之辞也可工

"赋到沧桑句便工"(赵翼语),"欢愉之辞难工"(韩愈语),这两句话不无道理。我认为:"欢愉之辞"也可"工",关键在于下笔能传神。不妨举例说一说:

李白《早发白帝城》——"朝辞白帝彩云间,千里江陵一日还。两岸猿声啼不住,轻舟已过万重山。"此诗风格清新明快,音调和谐流畅。在通篇的客观景物描写中,蕴含着无比欢快的情感。诗中的欢愉之辞极妙,能传神,"能使通首精神飞越"(桂馥语)。杜甫的《闻官军收河南河北》,是一首感情洋溢的七律名篇,被前人评为杜甫的"生平第一首快诗"。诗人唱道:"剑外忽传收蓟北,初闻涕泪满衣裳。却看妻子愁何在,漫卷诗书喜欲狂。白日放歌须纵酒,青春作伴好还乡。即从巴峡穿巫峡,便下襄阳向洛阳!"这样的欢愉之辞极佳,凸显了作者之神情。

请再读张先的《菩萨蛮》:

牡丹含露真珠颗,美人折向帘前过。
含笑问檀郎:"花强妾貌强?"
檀郎故相恼,刚道花枝好。

花若胜如奴,花还解语无?

　　这首词表现的是幸福欢乐的爱情生活的一个片段。这一片段表现得非常生动,带有浓烈的生活气息。词中所描写的人物形神兼备,栩栩如生。汝东解说道:"这首词,没有艰深晦涩的字句,没有故作姿态的情调,作者通过一个戏剧性的场面,巧妙地显示了人物感情的发生、发展和起伏跌宕的变化,赞美了纯洁挚诚的爱情。情感率真,风格朴实,不是民歌而胜似民歌。我们读着这首词,犹如看一个表演小品,一个充满着活泼与天真的情态,一个充满着调侃与谐谑的神情,通过他们有声有色的表演,把爱情的幸福与欢乐充分表现了出来。读后,我们不禁会为这一对年轻夫妇爱情生活中的风趣而发出会心的微笑。"(《张先〈菩萨蛮〉》欣赏)如此解说在理,并足以证明"欢愉之辞"可工。

要重视修改

　　创作诗歌的艺术,在于修改的艺术。这是痛苦的收获。一首诗只有当诗人不能再修改时才算完成。

　　　　　——[英]杰拉尔德·布伦南《枯季思絮》

　　布伦南是著名的西班牙文学研究专家,他说的这段话,旨在强调修改的重要性。历来著名诗人无不重视修改,杜甫曾说过"新诗改罢自长吟"。杜甫《曲江对酒》诗"桃花细逐杨花落"一句,原稿上作"桃花欲共杨花语"。刘永济对这两句做了分析:"今即此二句比较之:'欲共语'三字,不免有矫揉造作之状,而'细逐落'三字,则自然工稳;且'细逐'二字含意无穷,固不止'欲共语'之一意也。"(《词论》)如此分析,很有道理。再如,王安石"春风又绿江南岸"一句,其中的"绿"字初作"到"字,圈去,改为"过"字,又圈去,改为"入"字,旋又改为"满"字,如是改至十许字,才定为"绿"字。黄庭坚"高蝉正用一枝鸣"一句,其中的"用"字初作"抱"字,又改为"占""在""带""要"等字,直到最后才选定"用"字。这三位诗人如此锻炼之功,令人赞叹不已。

再举一例：

人群中这些面孔幽灵一般显现；
湿漉漉的黑色枝条上的许多花瓣。
　　——［美］艾兹拉·庞德《在一个地铁车站》

这是一首典型的现代派诗作，虽然只有两行，却是影响颇大的名篇。它在艺术上有一定的特色。诗人庞德用短短的两句诗，以意象叠加法，描述了他在车站的所见及心情，完全排斥了平淡的叙述。一九一六年庞德谈到这首诗："三年前，在巴黎，我在拉贡科德地铁车站下车，突然看见一张漂亮的面孔，然后又看见一张。跟着又是一张，一张漂亮的孩子的面孔，一张漂亮的姑娘的面孔。那天我一直努力想表达我看到这些面孔后的心情，但我找不到合适的，或者说是像我当时突然萌生的那种心情那样可爱的词语。那天晚上，我仍然冥思苦想，突然，我找到了表达的方式……即一个意象加在另一个意象之上。我发现这种形式帮助我摆脱了困境，我可以表达出在地铁站台产生的感情了。我写了一首三十行的诗，后来作废了。过了六个月，我又写了一首十五行的诗；又过了一年，我写成了这一个徘句式的句子。"由此可见,运用适合的表达方式和认真修改语句,皆不可省免。

诗重发端

在《论词随笔》中，沈祥龙说："诗重发端，惟词亦然。"此话不无道理。作诗词，应当重视开头，要把开头写好，使开头有引起读者阅读、思考、欣赏的动力。发端有力，则激动人心。发端精彩，则引人入胜。下面试举数例。

金昌绪《春怨》开头是："打起黄莺儿，莫教枝上啼。"这两问语气真切，而且耐咀嚼，堪回味。黄莺啼叫本来悦耳动听，令人心情舒畅。为什么想打它，要把它赶跑呢？这就非一气读完不可了。发端用"打起"二字，妙！所谓"打起"，是一种感情活动、心理状态。"打"，这个动作，富有戏剧性，加强了形象性，拓展了意境，反映了人物心理，把这位少妇缠绵委婉、曲折深厚的感情，十分含蓄地表现出来了。"打"字，确实起到了描状传神、抒情显境的作用。

王维《观猎》开头是："风劲角弓鸣，将军猎渭城。"起笔写"风劲""弓鸣"，这发端的一笔，胜人处全在突兀，能先声夺人，"如高山坠石，不知其来，令人惊绝"（东方树语）。可以说，开头写得极其生动，写出了声势，写出了气势。能在劲风中射猎，该具备何等本领！这必然引起读者对猎手的悬念。清代文人施补华说："如摩诘'风劲角弓鸣，将军猎渭城'，倒戟而入，笔势轩昂。"(《岘佣说诗》)此话提出了"倒戟"的写法。王维此诗的起联，不说"将军猎渭城，风劲角弓鸣"，而把"风劲"句放在前面，这就是所谓"倒戟"法。施补华认为"倒戟而入，笔势轩昂。"这种看法有道理。

李白《蜀道难》开头是："噫吁嚱，危乎高哉！蜀道之难，难于上青天。"如此发端甚妙。诗人一开始不直接描写蜀道，而是用这种浸透着强烈感情的感叹句 ——"噫吁嚱！危乎高哉！"来抒写他对"蜀道之难"的感受。这一声惊叹，令人惊心动魄，于是吸引着读者跟着诗人这支富有魅力的笔，行走在层峦叠嶂的蜀道上。"噫吁嚱"这一叹词，用得极其准确，极其生动，除此而外，没有任何一个叹词可以更换它。"噫吁嚱"三字，表明高危的山势令人望而生畏，把行人惶悚的神情生动地表现出来了。开头的寥寥数语，深深地吸引着、感染着、震撼着读者。

刘禹锡《忆江南》开头是："春去也！多谢洛阳人。"如此发端即漾出一片无可奈何的惜春之情。"春去也"，在这貌似平淡的叙述中，融入了诗人几多叹惋、几许惆怅！人有情，"春"也有情。"多谢洛阳人"，这是"春"

的致词。"春"觉得自己既不能久驻,更不能遽去,那就应当真挚地向留恋春光的"洛阳人"致意。这样写,就化平为奇,化直为曲,把惜春之情烘托得格外浓烈,格外深长。开头写得这样生动,得力于拟人手法的妙用。诗人一下笔,就表现出"春"饶有灵性,别具柔肠,一往情深,与"洛阳人"心意相通。这必然引起读者赏析此词的浓厚的兴趣。

黄庭坚《清平乐》开头是:"春归何处?寂寞无行路。"这两句意为:春天到哪里去了呢?只见一片冷静的景象,不知道"春"从哪条道路走的,更找不到"春"的踪迹。如此一问一答,促使读者展开欣赏活动。诗人一开始就用拟人手法写"春天",把春天写得像人那样有感情、有灵性,这就必然引起读者阅读的兴趣。"春归何处?"既表达了诗人寻觅春天的急切心情,又把词导向空灵蕴藉的境界。这一问,甚妙!

邹荻帆《少女》开头是:

穿过冰层,
春天
像一个赤脚的少女
踩着泥泞来到……

而她，毕竟在微笑。

诗人写春，构思新颖，一下笔就把"春天"人格化——赋予人的生命和性格，写得颇有风致，富于生气和实感。你看，春姑娘"赤脚""踩着""泥泞""在微笑"，她多么天真、活泼、坚毅、乐观！如此发端，引人注目，令人激赏。现将此诗后七行的句子录在下面：

> 她的眼睛里有春水流动，
> 她的头额上有阳光照耀。
> 冰碴会砭着她前进的脚丫吧，
> 春风也有寒意料峭，
> 而她，毕竟在微笑。
> 她知道她的鬟发会插上玫瑰，比之冰霜
> 有百倍的妖娆……

要讲究结尾

作诗既要重视开头，也要讲究结尾。古人说："一篇之妙在乎落句。"此话在理。关于如何结尾，刘永济说得简明扼要。他在《词论》里说："结句，大约不出景结、情结两种。情结以动荡见奇；景结以迷离称隽。""又有结句还顾起句，收足全首者……又有结句飏开，别出一意，而余音不尽者……"这样说是对的。在这里，不妨结合具体例子来谈：

刘禹锡《忆江南·春去也》的结尾是："独坐亦含颦。"这一镜头，与前面"春"辞行的镜头、"柳""兰"送"春"的镜头组接得很巧妙，妙在各画面能互相映衬，使潜藏在画面里的含义像电火花似的发射出来，产生一种特殊的美学效果。可以说，结尾"飏开"，另出一画，蕴意深刻，意味蕴藉。

苏轼《江城子·乙卯正月二十日夜记梦》的结尾是："料得年年断肠处，明月夜，短松冈。"这结尾三句写梦醒后的感慨。诗人苏轼并没有直抒慨叹，而是凭借想象，叙写千里之外的荒郊月夜，妻子在那长着小松树的冈垄上，年复一年地为思念丈夫而伤悲。写对方为怀念自己柔肠寸断,也正是表现自己对死者无限悼念。如此以景结尾,蕴含着有余不尽之意,并且使感情得到了形象化的表现,让读者感到意味深长。

贺铸《青玉案》的结尾是:"一川烟草,满城飞絮,梅子黄时雨。"如此景结,妙就妙在把抽象的"愁"化为具体而阔大、迷蒙而动人的景象。可以说,这正合乎"景结以迷离称隽"的要求。

文天祥《金陵驿》(其一)的结尾是:"从今别却江南路,化作啼鹃带血归。"如此结尾,发人深思,令人动情。诗人文天祥戴枷北上,在踏上告别江南路的时候,其心情达到了撕心裂肺的程度。他是多么不愿意离别故土,只是身不由己,不愿意离别也得离别;但是他决心以死报国,即使死后灵魂也要南归。这充分反映了他以身殉国的民族气节和忠贞不贰的爱国精神。尾联在无限凄楚的情调中充溢着浩然正气。它回应着诗的开头,归结了诗的本旨。可以说,如此"情结",正合乎"情结以动荡见奇""结句还顾起句,收足全首"的要求。

色彩字的运用

色彩能唤起情绪、表达感情，甚至能影响心理。人们使用色彩不能不涉及感情、情绪，以及色彩的象征意义。诗人写诗，往往运用色彩字。杜甫很重视运用色彩字，有人统计杜甫使用色彩字的总数为二千二百一十四个字。杜甫使用色彩字的最显著的特点是：既突出色彩字，又使色彩动态化，也就是说，让色彩"动"起来。

"老杜多欲以颜色字置第一字，却引实字来，如'红入桃花嫩，青归柳叶新'是也。不如此，则语既弱而气亦馁。"（范晞文《对床夜语》）

由此可知，范晞文点评了杜甫运用色彩字的技巧，但评得不够精当。"红入桃花嫩，青归柳叶新"，是杜诗《奉酬李都督表丈早春作》中的第三联，此偶句是说，红色进入桃花里，桃花就十分鲜嫩；青色回到柳叶中，柳叶就一片新清。如此描写，突出了"红色""青色"。"红色""青色"是大家看惯了的，若只说"桃花红""柳叶青"，就成了陈腔俗套了。"红"与动词"入"搭配，"青"与动词"归"搭配，都是超常搭配，出奇制胜，产生很强的引人入胜的效果，是诗人杜甫的妙笔。诗人让"红色""青色"动起来,符合诗的逻辑。"红"与"青"一旦"动"起来,就呈现出动态美。这两种色彩的动态美,会引起读者丰富的想象。须知,"红""青"的动象,是杜甫首创的。诗人把自己的精神、感觉、情绪贯注到"红""青"里面,创制了色彩的动态画面,表现了生命,描写了精神,从而证实了宗白华所说的"动者是精神的美"。

情境

爱克曼《歌德谈话录》载:"接着我们谈到一些美学家费力对诗和诗人的本质下抽象的定义,达不到任何明显的结果。"

"歌德说:'有什么必要下那么多的定义?对情境的生动情感加上把它表现出来的本领,这就形成诗人了'。"

由此可知,歌德对诗和诗人下的定义,简明扼要,颇有道理。这里举两个例子:

乘彩舫,过莲塘,棹歌惊起睡鸳鸯。
游女带香偎伴笑,争窈窕,竞折团荷遮晚照。

——[唐]李珣《南乡子》

这是一首描写女子采莲、游乐的小词,其特点是:"写景物写风俗,均以明净之句绘影绘声,引人入胜。"(李冰若《栩庄漫记》)前三句勾勒出有声有色又有趣的景物、风俗画,展现了岭南特有的风土人情。后三句勾勒出妙境——少女们俏美的剪影映在黄昏的背景上,给人以耳目一新的感觉。"偎伴笑"三字十分传神地刻画了少女们的笑态,这是一种顽皮的、娇憨的、略带羞涩的笑。"争""竞"二字下得好!显现了少女们婀娜多姿,表现了少女们青春的美和活力。由此可知,表现出这样的"情境"就是诗,有"本领"生动地表现出"情境"的人就是诗人。

> 最是那一低头的温柔,
> 像一朵水莲花不胜凉风的娇羞,
> 道一声珍重,道一声珍重,
> 那一声珍重里有蜜甜的忧愁——
> 沙扬娜拉!
>
> ——徐志摩《沙扬娜拉》

这是一首赠别诗,也是徐志摩抒情诗中的"绝唱",向来为人们所传诵。作者"以风中水莲的姿态,来比喻日本姑娘那一低头的深情、温柔与娇羞,简直是神来之笔"(严家炎语)。用"蜜甜的忧愁"这一矛盾语,来表现一声声"珍重"里所包含的复杂而微妙的离情别绪,多么贴切!多么深刻!短短的五行诗句,既写了道别,又写了动作;既表现了形态,又表现了缠绵的情意,真是声情并茂,神情兼备。由此可知,对这一特定的美妙的情境,徐志摩有本领把它生动形象地表现出来,他当然是一位名副其实的诗人。

情趣见于声音

朱光潜在《诗的隐与显》里说:"我以为诗的要素有三种:就骨子里说,它要表现一种情趣;就表面说,它有意象,有声音。我们可以说,诗以情趣为主,情趣见于声音,寓于意象。"此论颇为正确。"情趣见于声音",此话说得好。表达"情趣"要靠"声音","声音"协畅美妙,则增强抒情效果;"声音"涩滞无节奏,不合吟唱,则有碍于"情趣"的表达。正因为如此,所以"诗歌虽有眼看的和嘴唱的两种,也究以后一种为好"(鲁迅语)。

古代诗词名篇佳作颇有音乐美,适合吟唱。古代一些著名诗人,十分重视音调、音韵、音节,在诗词中的"声音"上,下过一番功夫。例如杜甫就是这样的。他说过"新诗改罢自长吟",这表明他很注意声调、音律的美,他是通过琢磨、长吟来体会诗中"声音"的。因此,杜甫的绝大多数诗作,声调与感情高度结合,声情并茂,有"一唱三叹"之妙。

可以这样认为,诗歌的重要特征是它的语言的音乐性,诗歌创作应当重视"炼声",要克服散文化的倾向。务求一声一字合乎情趣,宜乎吟唱,虽然不容易,但必须如此。

实感　灵感

凭空何处造情文，还使灵光助几分。
奇问忽来魂魄动，真如天上落将军。
　　　　——［清］张问陶《论诗十二绝句》（之二）

张问陶通过这首绝句表达了诗歌创作方面的见解，他认为，诗歌创作必须有真挚的感情和熟悉的生活，而且要有创作的冲动和灵感的火花，才能写出沁人心脾的好诗。如果凭空去造情，凭空去造文，就只能写出无病呻吟的"假诗"，不会有艺术感染力。这种艺术见解，无论在当时或现代都是很可取的。

张问陶深知"灵光"的作用——促使"奇问忽来魂魄动"，所以他认为，诗歌创作要靠"灵光"来帮助。"灵光"，即灵感。重视灵感是对的。中西作家、艺术家的创作实践证明，灵感的确是存在的，并且是稍纵即逝、难以控制的。灵感来时文思如泉涌，下笔如有神；灵感将遁，则文思不畅，落笔艰难。由此可知，灵感是创作的内在驱动力，是审美体验的最高层次。

感觉

诗人认识事物,不是光凭着一种逻辑的推理,而是常常通过他的感觉来感悟的。诗人的感觉力,就是诗人的基本创造力。泰戈尔曾说:"从我幼年起,我就有着强烈的敏感特性","我有幸具有那种惊奇感","对我来说,最重要的事情就是我的意识从未对周围世界的事实感觉迟钝。"(《一个艺术家的宗教》)可见,泰戈尔多么重视自己的感觉力。就诗歌创作而言,感觉力非常重要。一旦感觉迟钝,就不可能写出精彩动人的诗篇。不妨举例来谈一谈:

第一没有第二,便是空虚,
第二使第一真实可靠。

——[印度]泰戈尔《流萤集》

泰戈尔对"第一""第二"很敏感,悟出"第二"的作用与价值。这一认识非常可贵。这首诗揭示出来的"第一"与"第二"的这种关系,是还没有被其他人觉察到的关系,因此耐人寻味,令人永远不忘。

因为鸟笼好看而又安全
竟指望被拆除的鸟巢感谢哩。

——［印度］泰戈尔《流萤集》

"鸟笼"是人们习见的平常之物，可是它一旦映入泰戈尔的眼帘，就变形了，奇异化了。诗人用了"指望"二字，"鸟笼"就披上拟人化的外衣，有了想法。"鸟笼"与"被拆除的鸟巢"一经比较，就引人深思，启人联想。

死叶消失于土壤中时，
便渗透在森林的生命里了。

——［印度］泰戈尔《流萤集》

由此可见，泰戈尔对周围的事实何其敏感！枯叶落下来，在土壤里消失了，这是人们习见的微不足道的现象，就是这样的现象，泰戈尔也能悟出其中的奥秘。泰戈尔是一位杰出的诗人，他的感受始终没有钝化，所以他写的诗一直都是新颖的。李元洛说得很对："如果作者的感觉迟钝，对生活并没有敏锐的感受和独特的思考，没有什么新的内涵要表现，那自然就会惯性地惰性地求助于人云亦云的陈辞滥调和那些陈陈相因的方法了。"（《谈诗的"钝化"》）

心声之摄影

艺术必须包含着情感因素,情感是艺术的生命。普列汉诺夫说:"艺术既表现人们的感情,也表现人们的思想,但是并非抽象的表现,而是用生动的形象来表现。"(《普列汉诺夫美学论文集》)此话在理,说得既全面又客观。郭沫若说:"我想诗歌总该是心声之摄影;譬如向留音机吹送歌声,由音波的振动,刻划成留音机片一样,诗人是把内心的情波之振动传到纸墨上罢了。抒情诗可不待言。便是叙景诗和叙事诗都是这样:诗人所描写的自然,所歌咏的人事,都是经过一道心情的滤过作用,所以叙景不是照像,叙事不是做史。"此言诚是。诗人创作须拍摄"心声",传出"情波之振动。"兹举一例,简略地谈一谈。

岭外音书断,经冬复历春。

近乡情更怯,不敢问来人。

——[唐]宋之问《渡汉江》

《渡汉江》是一首很有名的唐诗。此诗写得含蓄有味,"虽仅短短二十字,却包蕴着丰富的情感容量与精微的心理活动。"（许总《唐诗史》）第一句写滞留"岭外"，家书久绝。第二句写长期过着孤寂、苦闷的日子，暗示"归心似箭"。第三句"近乡情更怯"，第四句"不敢问来人"，从急盼回家的心理层面上看，三、四两句似乎不合逻辑，按照一般常态，应该写"近乡情更切，急欲问来人"，若这样写，就不能表达出一种特殊的、矛盾的、复杂的心理状态。作者久居"岭外"，又长期收不到家信，一方面固然日夜思念家人，期盼早日与家人团聚，另一方面又时刻担心家人的命运，生怕他们遭不幸。在渡过汉江、接近家乡的时候，作者这种复杂的心情越来越沉重。换言之，作者越接近家乡，心里越忐忑不安。由于这首绝句抒情真切，拍摄了作者还乡途中的心声，曲曲传出"内心情波之振动"，所以耐人寻味。

表现心感

文学作品是怎样产生的？可以用刘永济的一句话，确切地回答这个问题，这句话就是："大抵人心与物境相接，而后文生焉。"可是有人却说："艺术品是一种心灵的产物。"（弗里德兰德《艺术与鉴赏力》）我觉得此话虽有片面性，但也有一定的道理——"客观的东西由于人心的接触，就成为人心的东西"（《泰戈尔论文学·文学的意义》）。就文艺创作而论，弗里德兰德强调"心灵"的作用是对的。诚如托尔斯泰所说："艺术的主要目的就在于表现和揭示人的灵魂的真实，揭露用平凡的语言所不能说出的人心的秘密。"诗歌是抒情的语言艺术，当然要"写心"，表现人的内心世界是诗歌创作的一个重要任务。宋人陈郁说："盖写形不难，写心唯难也。"的确如此。须知，即使"写心"难，也要"写心"，难办的事，并非办不成。其实表现内心世界的手法多种多样，既可以直抒胸臆，直接描写内心活动，也可以通过人物的动作、言语、表情来表现心理，还可以咏物抒怀、借景抒情、立"象"传情。可以这样认为：感情的起因、发展"离不开物对心的刺激和心对物的感受"（伍蠡甫语）。因此，生动地表现"心感"的最有效方法是：嵌合"客观对应物"，使抽象的"心感"成为有具象、有意味的"心感"。兹举数例以明之：

白发三千丈，缘愁似个长。
不知明镜里，何处得秋霜。
——［唐］李白《秋浦歌》（其十五）

这是运用夸张的手法，来直抒胸臆，抒发愁绪。如此夸张很"奇异"，震撼心灵。这样的夸张出自诗人的真情，必定自然贴切，令人叹服。诗人在抒情中嵌合了"象"——"白发""明镜""秋霜"，抽象的愁绪就具象化、审美化了，于是表现出来的愁绪就意味深长了。

客从长安来，还归长安去。
狂风吹我心，西挂咸阳树。
此情不可道，此别何时遇？
望望不见君，连山起烟雾。
——［唐］李白《金乡送韦八之西京》

友人到长安去，诗人李白非常依恋。他不直说依恋，却说他的心随友人而去，挂在咸阳树上，流露出依依惜别的心情，还包含着与友人别后的怅惘之情。"狂风吹我心"，不一定是送别时真有"狂风"伴行，而主要是抒写送别时的心情，如狂飚吹心。如此抒写，带有浪漫主义的艺术想象，把对友人的依恋之情表现得神奇、别致、新颖、奇特，形象地写出了送别时的心潮起伏。这样的艺术构思，显示出诗人杰出的艺术才能。

众鸟高飞尽，孤云独去闲。
相看两不厌，只有敬亭山。
——［唐］李白《独坐敬亭山》

这是一首"写心"的诗，形象地抒写了诗人自己的心理活动，极其生动。

诗的前两句看似写眼前之景，其实把孤独之感写尽了：众鸟飞尽，孤云独去，似乎世间万物都在厌弃诗人李白。"尽""闲"二字，凸显出一种"静"的境界。这种"静"，正烘托出诗人心灵的孤独和寂寞。

诗的后两句用拟人手法写敬亭山，表达对敬亭山的喜爱之情。"相""两"二字把诗人与敬亭山紧紧联系在一起，表达了诗人与敬亭山之间的强烈的深厚感情。"只有"二字更突出了诗人对敬亭山的喜爱，还表现出山有情、人无情——如今一些友人或疏冷了李白，或离开了李白。于是诗人李白横遭冷遇，寂寞凄凉的处境，也就显露出来了。

"相看两不厌，只有敬亭山"，写出了一座有感情、有性格的山，写出了山的精神、山的品格，同时还深刻地写出了诗人李白自己。由于李白在政治抱负上的失意，由于他在和现实接触中看到封建统治集团的腐朽，使他产生了清高脱俗的孤独感；但又由于他的一些朋友冷落了他，疏远了他，使他在精神上感到非常寂寞凄凉。因此在重游宣城的时候，诗人对敬亭山才产生如此特殊的感情——只有敬亭山才是自己真正永久的朋友。

总之，这首小诗，只有四句二十个字，却表现出李白灵魂的真实，透露出李白内心的秘密，写得多么精妙！

独特的感觉　独特的表达手段

繁星簇拥在黑夜处女的周围。

对她那永远无法触动的孤独,

默默地敬而畏之。

　　　　　——[印度]泰戈尔《流萤集》

云把它所有的黄金

都给予离去的夕阳,

对那初升的月亮

只报以苍白的微笑。

　　　　　——[印度]泰戈尔《流萤集》

丹纳说:"艺术家在事物前面必须有独特的感觉。"(《艺术哲学》)此言诚是。我认为:诗人面对事物不仅要有"独特的感觉",而且要能把这种感觉表达出来。这当然不容易,诗人泰戈尔却做到了。"星""夜""云""月",是人们习见的景象,许多人看惯了它们,并不觉得有什么新奇之处,因此难以产生独特的感觉。泰戈尔摆脱了一般常规语言的束缚,以高超的艺术思维领悟物象,从而获得独特的心灵感受,同时又以自己独有的表达手段,来表达独特的感觉。于是诗人笔下"星夜"之景象、"云月"之景象新奇了，耐人寻味了。正因为泰戈尔新鲜的艺术感觉没有落入日常语言的窠臼，所以他能超常地组合词语，把"黑夜"与"处女"紧紧地联结在一起，组成"黑夜处女"，如此组合甚妙，"黑夜"与"处女"合而为一了。他又把"繁星"当作人来描写，写出"繁星簇拥"着"处女"，对"处女""敬而畏之"的情态，真是新奇极了。只寥寥几句，就给读者留下了广阔的想象余地。

　　对于从夕阳西下到黑夜来临之时的天空景象，人人皆知，人们常见，并不感到新鲜。泰戈尔有个性地使用他的"魔棒"，把一般常规的日常语言改造了一下，说："云把它所有的黄金／都给予离去的夕阳，／对那初升的月亮／只报以苍白的微笑。"这就把"云"人格化了——"云"有行动，有情意，有笑容。这既凸显了"云"的神奇，又凸显了天空景象奇妙的变化。这样写还表达出诗人独特的感觉：夜晚之所以"黑"，是因为"云"把"黄金"都给了离去的"夕阳"的缘故；月色之所以"白"，是因为"云"对月亮报以"苍白"的微笑的缘故。于是诗人笔下的月夜，给人以新鲜奇妙美感。总之，泰戈尔歌唱大自然的诗篇，闪耀着智慧的光芒，发人深思。

　　概而言之，诗人创作时，心中要有独特的感觉。心中独特的感觉就是普通事物的非寻常状态(即发生新的变异)呈现于脑中。有了这种感觉,有了独有的表达手段,诗人才能抒写出平常物的不平常,才能给日常事物带来新奇的光彩。

敏感

泰戈尔在《艺术家的职责》一文中说:"从童年起,我就有了因周围的自然和人类世界的颤动而产生的敏感。""我对大千世界从未麻木不仁过。这一点无疑是很重要的。天上的云彩、地上的鲜花和我直接交流,这使我不对它们采取冷漠的态度。"(《泰戈尔论文学》)这几句话说得很对!就文学创作而论,一个想写作的人,若是对事物不敏感,就把握不到写作的材料,就发现不到平凡世界中的不平凡,就不知道现象中所包含的问题,就不可能张开想象的翅膀,就更不可能有形象思维的积极活动。与敏感相对立的词是麻木不仁。麻木不仁者对事物的态度,总是冷漠的。持这种态度,就不可能与眼前的事物进行直接交流,更形成不了"艺术知觉"。由此可知,对创作来说,敏感和热情是多么重要!不妨举几个例子来谈一谈:

> 欢乐摆脱大地沉睡的束缚，
>
> 冲进繁枝绿叶，
>
> 在空中就跳了一天的舞。
>
> ——［印度］泰戈尔《流萤集》

"欢乐"，这个词的含义以及它所表示的情态，谁都知道，并不感到新奇，可是诗人泰戈尔对这个词特别"敏感"，有一种独特的感觉，他觉得"欢乐"就是舞者，于是用拟人手法写"欢乐"，遣了"摆脱""冲进""跳""舞"等词，使"欢乐"人格化了——"欢乐"成了"舞"者。诗人描写"欢乐"的手法高超，用了"冲进"二字，就凸显了"欢乐"的劲力。正是因为"欢乐"有了这样的劲头，所以才能"摆脱大地沉睡的束缚"。诗人用了"繁枝绿叶"四字，意在凸显"枝叶"的勃勃生机。正是因为"枝叶"具有这样的魅力，所以才促使"欢乐"在空中"跳舞"。可见"欢乐"这个概念，在泰戈尔笔下变得如此神奇。从这里可以看出泰戈尔有一种"写感觉""捉印象"的高超的本领。须知："写感觉""捉印象"是要有前提的，其前提就是"敏感"和"热情"。

> 我的思想，像火花，
> 挟着一声欢笑，
> 乘插翅的惊讶飞去。
>
> ——［印度］泰戈尔《流萤集》

泰戈尔说："我对大千世界从未麻木不仁过"，并认为"这一点很重要"。的确如此。"大千世界"指世上万事万物，当然包括泰戈尔所思所想所说。泰戈尔对自己的"思想"很敏感，觉得自己的"思想"很奇妙，于是描写自己的一刹那的奇思妙想。他用"火花"来比喻"思想"，何等新颖！可以说，这也是一种发明。"火花"，既有温度，又光彩耀目，用它来比喻"思想"，"思想"不仅具象化了，而且凸显了价值。在"思想"前着一"我"字，表明诗人很自信。遣"火花"一词作喻体，表明诗人对自己思想的肯定和赞美。泰戈尔不仅用比喻的手法来写"思想"，而且用拟人的手法来写"思想"。"挟着一声欢笑"，如此描写，就使"思想"人格化了，也就是说，思想像人一样地活动起来了。这多神奇！诗人接着又用拟物的手法写"惊讶"，在"惊讶"前用了"插翅"二字，在"惊讶"后着一个"飞"字，就使"惊讶"变成"飞鸟"。如此描写,"惊讶"一下子就具象化了,动态化了,物性化了。"我的思想","乘"着"惊讶飞去",这样写,意在凸显"我的思想"很独特,很高妙,很神奇,就连诗人自己也感到"惊讶"。诗的结尾"飞去"二字,还暗示出"我的思想"很有力量,影响深远。概而言之,这首小诗描写思想,妙绝千古。

> 花园里的羞怯树荫,
> 默默地爱上了太阳,
> 花猜透秘密而微笑,
> 树叶则切切私语。
>
> ——[印度]泰戈尔《流萤集》

泰戈尔热爱大自然,对周围的事物很敏感,因此,触物起兴,抒发情感,正合乎诗人的需要。"树荫""太阳""花""树叶",这些平常的景物,既不新,又不奇,可是在泰戈尔的笔下就不一般。诗人着墨不多,只写下寥寥几句,就写出了这些景物的美妙,同时也写出了诗人自己的个人风格。泰戈尔有很强的想象力,又十分重视想象在诗歌中的作用,于是运用新奇的想象和拟人的手法,创造出一种新的微妙的境界。

　　请看：树荫爱上了太阳，花儿微笑，树叶切切私语，这样的景致，多么富于情趣、妙趣！诗人用"羞怯"二字来修饰"树荫"，就凸显了"树荫"的情态，用"默默""爱"这样的词语来描写"树荫"，就凸显了"树荫"心中的爱意和难以直接表白的心态。正是由于拟人手法运用得如此巧妙，因而极其普通的"树荫"就变得神奇了！诗人还用拟人手法描写"花""叶"："花猜透秘密而微笑"，"树叶则切切私语"。这是自然人格化、人情化的奇妙之境。由此可知，泰戈尔喜欢运用拟人手法来写景。在泰戈尔看来，一切自然景物，一切客观事物，都如同有生命有思想的人一样，不仅可以形象地表现作者的思想感情，而且它们本身就是有生命有感情的存在。在艺术创造中"移情于物"的美学原理，在他的诗歌中得到了最充分的体现。人和自然事物之间的感情交流，自然景物统统带上了人的感情色彩，使得自然景物除了自身形象的特点之外，又都蕴含了新的指涉意义。这就是泰戈尔写景小诗的最主要的艺术特色。

平凡事物也有引人入胜的一面

歌德说:"不要说现实生活没有诗意。诗人的本领,正在于他有足够的智慧,能从惯见的平凡事物中见出引人入胜的一个侧面。"此话不无道理。兹以诗为例来说一说。

素花多蒙别艳欺,此花端合在瑶池。
无情有恨何人觉?月晓风清欲堕时。

——[唐]陆龟蒙《白莲》

虽则白莲是人们惯见的平凡之物,但此花开在月光清风瑶池中,却颇有诗意。诗人陆龟蒙"有足够的智慧",能从平凡的白莲中见出"引人入胜的一个侧面",生动地表现了白莲的思想感情和特殊风貌。"素花",即白色的花,这里指"白莲";"别艳",即其他色彩艳丽的花。"素花多蒙别艳欺",此句意为:白色的花不受一般人喜爱。正如白居易所说:"白花冷淡无人爱,亦占芳名号牡丹"。"此花端合在瑶池",此句意为:白莲和一般凡花俗卉不同,它有纯白的颜色、婷婷的姿态,还具有"出污泥而不染"的品格，就像瑶池中的仙子。"无情有恨何人觉？"意思是：白莲在池中自开自落，无情无恨也罢，有情有恨也罢，无人知晓，其实也不必让人知晓，体现了白莲自尊、自重、自信之精神。"月晓风清欲堕时"——白莲在"欲堕"之时，只有晓风残月做伴，这不仅没有减损白莲的美，反而增添了白莲的美。白莲欲坠不坠的花瓣，在残月下、晓风中摇曳，凸显特殊的冷艳之美。这是特殊的形象、特殊的环境，特殊的氛围交织融合所产生的诗化境界，很有魅力。

留意日常生活细节，写小题目

歌德忠告青年诗人，说过这样一些话："现实生活应该有表现的权利。诗人由日常现实生活触动起来的思想情感都要求表现，而且也应该得到表现。"

"如果你目前只写一些小题目，抓住日常生活提供给你的材料，趁热打铁，你总会写出一点好作品来。"

这些话说得深切中肯。下面仅以诗为例，来略加说明：

种花满西园，花发青楼道。
花下一禾生，去之为恶草。

——[唐]聂夷中《公子家》

诗人聂夷中抓住现实生活的材料——公子哥儿把稻苗当作"恶草"拔掉，随即写下了这首诗，展示这种人的荒谬愚蠢，并表示对这种人的鄙视。这首诗包含两层意思：浅层的意思，是揭露官僚贵族子弟的丑恶面目、荒谬行为；深层的意思，是揭露晚唐时期李氏王朝的糜烂腐朽。诗人通过描述"拔禾"的小场景，来讽刺这种颠倒黑白的社会现象，既很有意义，又很有力量。

> 风，把红叶
> 掷到脚跟前。
> 噢，
> 秋天！
> 绿色的生命也有热血
> 经霜后我才发现……
>
> ——沙白《红叶》

诗人沙白抓住现实生活的材料——"风，把红叶／掷到脚跟前。"随即勾勒出一幅简洁的秋景图，并道出自己的最新感受："绿色的生命也有热血"。这一行诗中的"绿色"和红色的"热血"组合起来的色彩和形式，很美，很动人，能立即唤起感情，引起丰富的联想。诗人用了"经霜"二字，诗意就更深刻了。"经霜"二字，蕴含两层意义：其一，任何生物蓬勃生长，须经受风吹雨淋、霜打雪压等考验；其二，一切生命要成长、壮大，就必须有沸腾的"热血"，必须靠自己努力奋斗。所以说，这首小诗不小，所寓者大。

意象叠加

　　埃兹拉·庞德,是英美意象派诗歌的奠基人之一,他在《回顾》中说:"一个'意象'是在瞬间呈现出的一个理性和感情的复合体。"一九一六年,庞德在谈到《在一个地铁车站》这首诗时,说:"'单意象诗'是一种叠加形式,即一个意象加在另一个意象之上。我发现这种形式对帮助我摆脱困境很有用,我可以表达出在地铁站台产生的感情了。"英国作家托·欧·休姆解释叠加法时指出:"两个视觉意象形成一个可称为视觉和弦的东西,它们联合起来暗示一个不同于两者的新意象。"这正好说明,意象派的叠加法和电影的蒙太奇衔接都以视觉形象作为表达思想的基本符号,不同的是,蒙太奇衔接是直接用画面组成电影语言,而意象派的叠加法则先用语言创造出意象,再以一个一个的意象去表达思想。其实这种意象叠加法(即画面组合),中国古代诗人早已用过了。下面举几个例子,简略地谈一下:

千山鸟飞绝，万径人踪灭。

孤舟蓑笠翁，独钓寒江雪。

——［唐］柳宗元《江雪》

这首诗通过意象的组合暗示出孤独、苦闷的心情和顽强不屈的精神。诗里没有直接表述这种心情和精神。诗人柳宗元先用语言创造出意象，再以意象去表达思想，这符合意象派诗歌的标准。因此，这首诗可被称为意象派诗歌。

枯藤老树昏鸦，小桥流水人家，古道西风瘦马。

夕阳西下，断肠人在天涯。

——［元］马致远《天净沙·秋思》

这首小令通过一组意象（一组画面）表达出旅人彷徨悲苦的心情。尾句中的"断肠"二字，直接表达心情，这不符合意象派诗歌的标准。因此，只能说这首小令类似意象派诗歌。如果不用"断肠"二字，而是用"离乡"二字，这首小令就成为意象派诗歌了。

梳洗罢，独倚望江楼。

过尽千帆皆不是，斜晖脉脉水悠悠。肠断白萍洲。

——［唐］温庭筠《梦江南》

这首词类似意象派诗歌。要是去掉尾句"肠断白萍洲"，或者把"肠断"改为"柳暗"，这首词就成了意象派诗歌。

箫声咽，秦娥梦断秦楼月。
秦楼月，年年柳色，霸陵伤别。
乐游原上清秋节，咸阳古道音尘绝。
音尘绝，西风残照，汉家陵阙。

——［唐］李白《忆秦娥》

此词类似意象派诗歌。要是把"箫声咽"的"咽"字改为"歇"字，把"伤别"的"伤"字改为"觞"字，这首词就成了意象派诗歌。这是因为意象派诗歌主要特点、基本要求是：要用意象来表达或暗示某种思想感情，不能直接表述某种思想感情。

词的妙用

词是多义的,不但可以在其原义下使用,亦可以在其扩大了的或者改变了的意义下使用。大家知道,诗歌语言具有丰富的形象性和灵活性。诗人往往在新的意义下使用我们所熟悉的词,以及诗意地运用我们所熟悉的词。在诗歌作品里,词的现实内容比其原义广阔得多,同一个词可以有种种不同的用法,因此产生各种各样的艺术效果。下面举例说一说。

红杏枝头春意闹。

——[宋]宋祁《玉楼春》

《说文新附》云:"闹,不静也。""不静"是"闹"的原意,换言之,"不静"是"闹"的字典意义。宋祁不受"闹"字原义的束缚,用它来形容"红杏枝头"所呈现出来的"春意",凸显春色的生动景象。"闹"字确实用得妙,妙就妙在此字使无声的景象变成有声的景象。李渔却认为这个"闹"字用得不对,他说:"忽然加一'闹'字,此语殊难著解。争斗有声之谓闹,桃李争春则有之,红杏闹春,予实未之见也"(《窥词管见》)。这说明李渔不知道视觉和听觉本来可以相通。就诗艺而论,诗人为了建构妙境,表达新奇印象,可以超常地使用词语、搭配词语。

云破月来花弄影。

——[宋]张先《天仙子》

"花弄影",这三个词如此搭配,是词的超常搭配。"弄"是大家所熟悉的动词,张先却诗意地运用它来描写景致。当时的情景是:风吹,云开,月来,花动,影子动。这是极其普通的景致。由于张先着一"弄"字,则陡增妙趣,凸显了花影的动态美,表现出花儿活泼可爱的样子——花儿在玩弄着它的影子。

四更山吐月,残夜水明楼。

——[唐]杜甫《月》

苏东坡认为,"'四更山吐月,残夜水明楼'。此古今绝唱。"如此称赞,不无道理。这两句写景甚妙。"山吐月",这三个词如此搭配,是词的超常搭配。在"山"

和"月"之间,用了一个"吐",静静的山就"活动"起来了,人们习见的山就有了灵气,有了生命和情感。这个"吐"字诚然有"化一般为神奇"之效。"水明楼",这三个词如此搭配,也是词的超常搭配。"明"是形容词,在这里当动词用,突破了一般习惯。仇兆鳌解释道:"月照水而光映于楼,故曰'水明楼'。"(《杜诗详注》)这样解释是对的,但,这只是按照常理来解释的。如若不用"明",能不能用"映"?不能。"映"字虽习惯上能跟"水"和"楼"搭配,但是,"映"字既不能准确地表达杜甫的特殊感觉,也不合乎格律,"映"是仄声字,这里应该用平声字。就诗艺而论,这里用"明"字,才最恰当最生动。着一"明"字,"水"就成为有感情的水,它善解人意,主动地去"亮化"楼。这个"明"字,凸显了"水"的鲜活美妙。

赧郎明月夜,歌曲动寒川。

——[唐]李白《秋浦歌》(其十四)

"歌曲动寒川",此句也是词的超常组合。"歌曲"真能"动寒川"吗?当然不能。这是诗人独特感受之表现,是极其传神的夸张之笔。当时的实况是：冶矿工人一边劳动，一边唱歌。李白听到嘹亮的歌声，就觉得歌声使寒冷的歌水荡漾起来了，于是突破了思维定式和一般的语言习惯，用了一个"动"字。这个"动"字确实用得好，凸显了歌声的伟力。"歌曲动寒川"，从修辞角度说，这是一种夸张；从创作心理角度说，这是一种独特的、想象的、审美的心理活动之表现。

以形写神

东晋画家顾恺之提出"以形写神"说,形神论从此正式产生。对于形神论,胡经之做了简明扼要的解说:"形神是中国美学史中一对对立统一的概念,属于艺术辩证法的范畴。在艺术作品中,神是充满着生气的内在意蕴,形就是内在意蕴的外在表现。形是直观的对象,便于被欣赏,而神是理性把握的对象,要用审美的思维才能捕捉住它。形是外相,神是内涵。无形则不能通神,无神则形无生气。这便是它们的矛盾统一关系。"(《中国古典美学丛编》)这样解说颇有道理。总之,以形写神是对的,绘画必须如此,作诗也应当如此。在这里以诗为例,简略地谈一谈。

> 亭亭山上松,瑟瑟谷中风。
> 风声一何盛!松枝一何劲!
> 冰霜正惨凄,终岁常端正。
> 岂不罹凝寒?松柏有本性。
>
> ——[元]刘桢《赠从弟》(其二)

刘桢,字公幹,东汉东平人,"建安七子"之一,以善写五言诗著名。他的诗歌风格遒劲,以气势见长。《赠从弟》共三首,这是第二首,诗篇使用了象征的手法,很有特色。按形神论分析,此诗既写了松的形,又凸显了松的神,于是松形神兼备,生机勃勃。松树在山上、在风霜冰雪中昂然挺立的形象,感人至深。此诗问世后,松开始有了象征的意蕴和深层的美学意义。此诗对后世影响很大,松的意象就逐渐成为民族心理特征的象征,积淀了中华民族的传统文化精神以及中华民族的心理气质和审美意识。

湘妃危立冻蛟脊,海月冷挂珊瑚枝。
丑怪惊人能妩媚,断魂只有晓寒知。
——[宋]萧德藻《古梅》

萧德藻,字东夫,号千岩老人,闽清人,南宋绍兴进士,曾为乌程令。他向诗人曾几学过诗,诗之工致、高古,得到杨万里、姜夔的赏识,在当时颇有名气。《古梅》是其代表作。此诗前两句以比喻来写古梅,出人意表,不仅形象生动,而且令人震惊。湘妃高傲地站在坚硬的蛟龙背上,海月冷清地挂在斑斓的珊瑚石间,给人以一种洪荒孤寂之感、神奇怪异之趣。这样的描写既勾勒出古梅的外形,又显现出古梅的神气。后两句不仅写出了赏梅时的审美心理,而且写出了梅花的气骨。"丑怪惊人能妩媚"——丑怪达到惊人的程度,就有一种特殊的超凡脱俗的美。只有"晓寒"才欣赏这种美,只有"晓寒"才深悉"古梅"傲霜斗雪之姿质并为之"断魂"。这含蕴着诗人的卓见与深情。就词的组合而言,"晓寒"与"知"搭配,太奇妙了!着一"知"字,"晓寒"就人格化了——具有人的思想感情。其实"晓寒""断魂",也正是诗人萧德藻"断魂"。

形式

诗人萧三说得对:"有了好的内容之后,形式万不可不讲。内容问题解决之后,形式第一。"(《论诗歌的民族形式》)诗必须有个形式,没有诗的形式便没有诗。须知,不同的诗的形式,会产生不同的诗味。下面举例说明:

用了世界上最轻最轻的声音,
轻轻地唤你的名字每夜每夜。

写你的名字。
画你的名字。
而梦见的是你发光的名字。

如日,如星,你的名字。
如灯,如钻石,你的名字。
如缤纷的火花,如闪电,你的名字。
如原始森林的燃烧,你的名字。

> 刻你的名字!
> 刻你的名字在树上。
> 刻你的名字在不凋的生命树上。
> 当这植物长成了参天的古木时,
> 呵呵,多好,多好,
> 你的名字也大起来。
>
> 大起来了,你的名字。
> 亮起来了,你的名字。
> 于是,轻轻轻轻轻轻轻地唤你的名字。
>
> ——纪弦《你的名字》

这首诗虽然不讲究韵脚,但它却有着圆顺而流畅、优美而动听的旋律,宛如一阕悦耳清心的轻音乐。它的旋律美的形成,一是由于复沓,二是由于回环。诗人纪弦在艺术形式方面下了功夫,诸如结构的紧凑、妙喻的连缀、首尾的照应、排比的运用、整散的结合和长短句的搭配,皆恰到好处,因而增加了诗的艺术魅力。诗人流沙河在《隔海说诗》中,将此诗改写为新的格律诗:

轻轻唤着你名字,
每夜轻唤每夜想。
写你名字画你名,
梦你名字放光芒。
你的名字像星星,
又像天上红太阳;
你的名字像钻石,
又像室内电灯光。
你的名字如打雷,
一道闪电照四方;
你的名字如火花,
点燃森林烧得旺。
刻你名字在树上,
名字变大变辉煌,
永不凋落多么好,
古木参天真雄壮。
轻轻唤着你名字,
一直唤到东方亮。

流沙河保留了原诗的内容、意思,换了一种写法,写得也不错——语句整齐、押韵、朗朗上口，节奏鲜明，内容形式谐和，也能使人产生审美兴趣。原诗与改写的诗各呈异彩，皆有醇厚的滋味，但味道大不相同。

诗贵含蓄

一首诗的意思藏而不露,往往会引起读者研读、思索的兴趣。清代诗人吴乔《围炉诗话》里有两则谈含蓄的诗话:

其一,"诗贵有含蓄不尽之意,尤以不着意见声色故事议论者为最上。义山刺杨妃事之'夜半宴归宫漏永,薛王沉醉寿王醒'是也。"

这则诗话表明诗贵含蓄,并以义山诗为例来说明。义山是唐代诗人李商隐字。其《龙池》诗云:"龙池赐酒敞云屏,羯鼓声高众乐停。夜半宴归宫漏永,薛王沉醉寿王醒。"薛王即唐玄宗侄儿李琄。寿王是玄宗子李瑁,娶杨玄琰女为妃,被玄宗看中,先度为女道士,然后纳入宫中,天宝初年册立为贵妃。诗句含蓄地讽刺了玄宗霸占儿媳的秽行。"寿王醒",是说寿王因被夺去妻子而痛苦,夜深了还睡不着。

其二,"韩翃《寒食》诗云:'春城无处不飞花,寒食东风御柳斜。日暮汉宫传蜡烛,轻烟散入五侯家'。唐之亡国,由于宦官握兵,实代宗授之以柄。此诗在德宗建中初,只'五侯'二字见意,唐诗之通于《春秋》者也。"

这则诗话表明：写诗可用"春秋笔法"。《春秋》是先秦史书，载鲁国历史，相传为孔子所作。常在字里行间暗寓对事件或人物的褒贬。此后凡学《春秋》写法，寓褒贬于文字中的，就称"春秋笔法"。《寒食》诗，借后汉"五侯"事，讽刺唐代皇帝宠信宦官，所以说，其精神和笔法，与《春秋》相通。《寒食》诗生动地勾勒出"寒色"风光及宫中传烛图，虽含讽刺之意，却蕴藉而巧妙，是古代讽刺诗的杰作。

精练

有人说,"诗是最精练的语言艺术。"此话不无道理。所谓"精练",就是"字少意多""语简意深"。这里举个例子:

万里悲秋常作客,百年多病独登台。

——[唐]杜甫《登高》

罗大经解说道:"盖万里,地之远也;秋,时之凄惨也;作客,羁旅也;常作客,久旅也;百年,齿暮也;多病,衰疾也;台,高迥处也;独登台,无亲朋也。十四字之间含八意,而对偶又精确。"(《鹤林玉露》)如此解说,颇有道理。由此可知,这一偶句含八意,何等精练!

大约在大历二年(767)的秋天,诗人杜甫在夔州独自登高,百感交集,写出了著名的七律《登高》。杜甫常年"作客"(飘泊在外),饱经忧患;重阳节登高远眺,不禁生出重重悲愁。他乡作客,一可悲。经常作客,二可悲。万里作客,三可悲。在万木萧疏的秋天作客,四可悲。亲朋不在,独自登上高台,五可悲。登台远望,更添愁思,六可悲。带病登高，七可悲。特别是时光如流水，自己已入暮年，百年（指一生、终身）快尽，来日无多，还不可悲？——这是八可悲。两句诗居然藏着八层悲，感情色彩浓极了，简直是浓到化不开的地步，很能激起读者共鸣。

此诗结尾两句——"艰难苦恨繁霜鬓，潦倒新停浊酒杯"，其含意也是十分丰富的："久客他乡，则备尝艰难，这是第一层；艰难，自然愁多，是第二层；愁多势必促人衰老，是第三层；艰难、愁苦，更兼衰老，使得诗人心灰意冷，潦倒日甚，是第四层；穷愁潦倒，需要借酒浇愁，却偏偏因病不能喝酒，这反面更增添了愁烦，这是第五层……"（张燕瑾《唐诗选析》）总之，此诗语句精练，字少意多，语简意深。

炼字

杨万里说:"诗有惊人句。"(《诚斋诗话》)此言诚是。诗不仅有惊人句,而且有惊人字。所谓惊人字,就是指诗中所用的某个字,使人震惊,发人深思。下字惊人,有赖于诗人炼字的功夫。诚如贺拉斯在《诗艺》中所言:"在安排字句的时候,要考究,要小心,如果你安排得巧妙,家喻户晓的字便会取得新义,表达就能尽善尽美。"这里举一个例子,请看张烨写的《求乞的女孩,阳光跪在你面前》:

> 淡黄的长发披散着
>
> 宛如玉蜀黍的缨穗遮掩
>
> 珍珠般的脸盘
>
> 为着小小的愿望
>
> 你低垂着稚嫩的脖颈
>
> 默默地跪在阳光下
>
> 你是否觉得阳光也跪在你面前
>
> 就像树跪在落叶的苦难面前

诗人在这首诗里用了三个"跪"字。前一个"跪"，是实写；后两个"跪"，是虚写。虚实连接，真幻结合，构成了相反相成的令人震惊的意象。这个"跪"字虽是家喻户晓的字，但，由于得到诗人巧妙的安排，就非常"惊人"了。殷仪解说道："这一极富情感穿透力的'跪'字，是在倾诉求乞女孩淡淡的哀怨，还是吐露诗人对苦难和不幸的深切同情？是对阳光的谴责，还是阳光的自身的歉疚？是愤慨于阳光对女孩的寡恩，还是赞美阳光的博大爱心的回归？诗眼之妙，妙就妙在给读者留下一串颇有深刻思想内涵的问号，表现了诗人对时代生活的深沉思索。含不尽之意，让欣赏者得之，或许正是女诗人的用心所在吧！"（《新诗鉴赏辞典》）如此解说深切中肯。

柳宗元的《渔翁》有"奇趣"

柳宗元是唐代著名的散文家、诗人,有《古今诗》两卷,辑一百四十五首,其中有一首精妙的七古《渔翁》:

渔翁夜傍西岩宿,晓汲清湘燃楚竹。
烟销日出不见人,欸乃一声山水绿。
回看天际下中流,岩上无心云相逐。

苏东坡曾点评此诗,说:"诗以奇趣为宗,反常合道为趣。熟味此诗,有奇趣。然其末两句,虽不必亦可也。"(《诗林广记》)说"此诗有奇趣"是对的。"奇"就"奇"在"欸乃一声山水绿"。"欸乃"即渔歌《欸乃曲》。"欸乃一声"骤然响起,山"绿"了,水也"绿"了。这渔歌之声不仅悦耳怡情,而且十分神奇——唱"绿"了山水。由此可见,诗人柳宗元具有敏锐、独特的感觉,他居然在渔歌之声中能听出色彩来。正因为此诗有了"欸乃一声山水绿"这一句,所以展现出震动心魄的艺术境界。苏东坡认为此诗末两句可以删去。依我看,末两句不能删去,因为这两句凸显了作者的心境。结尾两句意为:渔翁已乘舟

"下中流",此时"回看天际",只见岩上"无心"的白云尾随他的渔舟。如此结尾,流露出一种孤寂的情怀,表现出一种孤芳自赏的情绪,非常合乎作者当时抒发胸臆之需要。

王湾的两首五言律诗

江南意

南国多新意,东行伺早天。

潮平两岸失,风正一帆悬。

海日生残夜,江春入旧年。

从来观气象,惟向此中偏。

次北固山下作

客路青山外,行舟绿水前。

潮平两岸阔,风正一帆悬。

海日生残夜,江春入旧年。

乡书何处达,归雁洛阳边。

王湾的这两首诗,从唐代流传下来,一开始就是如此。中间二联只一字不同,起结二联,完全不同,连题目也不同,于是引起读者研究的兴趣。顾安认为,"后人将此题改作《次北固山下》,起结全换,是何见解?可叹可叹!"(《唐律消夏录》)施蛰存认为,"后人窜改古人诗,从来没有这样大幅度的改。而且这两个文本,见于同时代人所编的书,相去不过十多年,要改也只能是同时代人所改,决不可能是后人所改。所以我估计是王湾自己的改本。"(《唐诗百话》)施蛰存的这点看法合乎道理。王湾为什么要改此诗?我认为,北人王湾"初至江南,处处从生眼看出新意",于是以妙笔绘出奇景。后来王湾重见此景,思念起家乡,于是改了诗的开头和结尾。由于他很欣赏中间的两联,所以保留了中间的两联。

对于"失"字的改动,也有不同的看法。沈德潜在《唐诗别裁》中说:"'两岸失',言潮平而不见两岸也。别本作'两岸阔',少味。"施蛰存在《唐诗百话》中说:"我却觉得用'阔'字好得多。潮与岸平,则感觉到两岸开阔。若'两岸失',则潮水泛滥成灾了。"我同意沈德潜的看法,觉得应当用"失"字,理由如下:"两岸失"是一种审美错觉,是一种朦胧的主观幻象,反映出作者当时特定的心理状态——潮水上涨,潮与岸平,感觉到"两岸失"。错觉性意象从客观"物理"上看好像失真,但从主观心理上看却更真实。审美实践表明,在清晰的感觉看来平淡无奇的地方,模糊的审美错觉却为我们提供美感的乐趣。王湾写的这首诗,着重描写江南美妙的景致,读者读了这首诗，绝不会因"两岸失"三字而感到"潮水泛滥成灾"。

诗中间的两联非常精彩。潮水上涨，江面宽阔，船帆高悬，顺风急驰。残夜还没有消退，一轮红日已从海上生出，旧年还没有过去，萌动的春意已进入江上。"平"字写潮水涨足，"正"字写风势顺畅，"生""入"二字表现"日"与"春"的灵性、活力及主动性，这四个字都用得非常精确、生动，足见诗人炼字达意的深厚功力。

常建的一首山水诗

> 清晨入古寺，初日照高林。
> 竹径通幽处，禅房花木深。
> 山光悦鸟性，潭影空人心。
> 万籁此皆寂，惟闻钟磬音。
>
> ——［唐］常建《破山寺后禅院》

破山在今江苏常熟，寺指兴福寺，建于南朝，至唐已为古寺。此诗抒写清晨登山入禅院的观感，曾获著名文人的赞赏。洪刍云："丹阳殷璠撰《河岳英灵集》，首列常建诗，爱其'山光悦鸟性，潭影空人心'之句，以为警策。欧公又爱建'竹径通幽处，禅房花木深'。欲效建作数语，竟不能得，以为恨。予谓建此诗全篇皆工，不独此两联而已。"（《洪驹父诗话》）

首联写入寺的时间和古寺的环境——清晨，诗人进山入古寺，此刻旭日初升，光照"高林"。"高林"二字，既是对参天林木的外形描写，也是对禅院的称颂。颔联写后禅院。茂密的竹林里，一条蜿蜒的小径通向幽静的去处——那花木丛中的禅房。此境多么令人惊叹、陶醉！

颈联写物境与心境。"悦"和"空"当动词解。这两个词，写活了"山光""潭影"，表现出"山光""潭影"的情意与主动性。这多妙！请看：明丽的"山光"使鸟儿的心情愉悦，自然的"潭影"使人的心境空明——心中的尘世杂念顿时涤除。显然，诗人欣赏这幽美的禅院，已领悟到禅境的奥妙。尾联写寂静的境界——"万籁此皆寂"，只剩袅袅的钟磬之音。有了这样的音响，林愈静，山更幽了。如此以"音"写静，确能倍增其静。

有人说："这首诗是纯客观的描写，对读者既没有任何教育意义，也没有什么启发。""这一派的诗……艺术成就可能不坏，而全篇意义空虚，终于是一种消极的文学。"此话欠妥。我们认为，即使客观地描写自然风貌、山川景物、田园风光，也是有意义的，不是一种消极的文学。读者读山水诗，对祖国山河会倍感亲切，对山川景象会倍觉优美，从而能提高民族自尊心和自豪感，并进而增强热爱生活、热爱自然、热爱祖国的情感。就美学的角度而论，一首山水诗只要能艺术地再现出大自然的美，它就具有美学价值。

一声浩叹成绝唱

前不见古人,后不见来者。

念天地之悠悠,独怆然而涕下!

——[唐]陈子昂《登幽州台歌》

这是一首杂言古诗。此诗的写作背景是:公元六九六年,武则天派建安王武攸宜征讨契丹,陈子昂随军参谋。武攸宜是外戚,不谙军事,刚愎自用,决不接受陈子昂的建议。陈子昂献奇计,未被采纳,还受降职处分,心情颇抑郁,因登幽州台,有感于乐毅与燕昭王的故事,乃作此歌。刘开扬在《唐诗通论》里,对此诗做了评论:"这诗流传极广,影响深远。其气魄之大,感情之深,音调之悲壮,风格之沉郁,可以说到了前无古人的地步。这不只是贤士的失意之作,更是英雄志不得酬的悲叹,千余年来人们正是主要从这个角度来欣赏它,为它击节不已的,而深刻地讲述宇宙悠长的哲理,反在其次。如果只见其悲愁的方面,忽略其深刻的内涵,显然是不够正确的。"如此评论是对的。

《登幽州台歌》也是一首抒情诗。须知,"抒情诗是情绪的直写"(郭沫若《论节奏》)。陈子昂面对千古时空，一声浩叹从他心中喷薄而出。这一声"浩叹"，就是一种"情绪的直写"。朱光潜认为："诗以情绪为主，情绪见于声音，寓于意象。"(《诗的隐与显》)此乃至理也。陈子昂将心灵深处的慨叹化为具有美学价值的绝唱，有赖于"声音""意象"之作用。

此诗在语言节奏方面很有讲究，值得注意。"前两句音节比较急促，传达了诗人生不逢时、抑郁不平之气；后两句各增加了一个虚字，多了一个停顿，音节比较舒徐流畅，表现了他无可奈何、曼声长叹的情景。一个'独'字承上启下，有力地写出了诗人的寂寞孤单；其声调的短促重浊，又正与'悠悠'二字的清扬形成鲜明的对比，读起来真有力能扛鼎之感。全篇前后句子长短不齐，音节抑扬变化，互相配合，增强了艺术感染力。"(王运熙评析)此诗虽是直抒胸臆之作，但仍有生动的"意象"，前三句的抒写，勾勒出无限广阔的背景；第四句"独怆然而涕下"，突出了诗人独立高楼、慷慨悲歌的动人形象。由此可知"情绪""声音""意象"是抒情诗的三要素。

鹤引诗情到碧霄

自古逢秋悲寂寥，我言秋日胜春朝。
晴空一鹤排云上，便引诗情到碧霄。

——［唐］刘禹锡《秋词》

提起"秋"字就会使人联想起"悲秋"的诗词。从战国时代的宋玉写《九辩》起，历代诗人写秋景，大都是萧瑟冷落，流露出伤感的情调，此诗一反过去的悲秋老套，开辟了一种新的诗境。刘禹锡写这首诗，热情赞颂秋天的美好和白鹤排云凌空的精神，表现了政治改革家奋发向上的情怀。古人云："诗品出于人品。"此话不无道理。

《秋词》起承二句，语句平常，十分质朴，表明两种不同的看法。转结二句强劲有力，令人精神为之一振。"晴空"句转得妙！"排云上"三字，写出了"鹤"的气势，何等强大！"晴空一鹤排云上，便引诗情到碧霄。"这既是情中之景，也是景中之情，情景合而为一了。"引诗情"三字，写出了"鹤"的神奇。"鹤"能"引诗情"吗？能！诗人一见到"晴空一鹤"，便顿生"诗情"。这喷涌而出的"诗情"，就立即被"鹤"吸引并带到"碧霄"。这是真的，还是假的？从艺术心理上看，这是真的！没有这种心理，便不可能写出这样的诗。

一首有"象外之象""味外之旨"的小诗

元稹写了一首题为《行宫》的小诗：

寥落古行宫，宫花寂寞红。
白头宫女在，闲坐说玄宗。

这首小诗仅用二十个字，便勾描出"行宫"的画面，把行宫的寥落、宫女的悲酸、唐室的盛衰一一表现出来。诗的前三句连用三个"宫"字，不但不单调、呆板，反而增强了表现力。这三个"宫"字既起到强调的作用，又加强了诗句音韵的效果，读来朗朗上口。诗的二、三句，用红花来映衬白发，增添了画面的艺术色彩，凸显了冷艳之美。尤其是"说玄宗"三字更妙，究竟说了什么？诗中没有明说，便戛然而止。"此时无声胜有声"，言外之意，弦外之音，留给读者去联想，去补充，从而扩大了诗意的容量。

高楠在《艺术心理学》一书中，以此诗为例，解说了"象外之象""味外之旨"，解说得很好。兹引录如下：

"这首五言绝句所现之'象'不大，不过是白发宫女在破旧的宫中闲坐交谈，可是它却暗示出一个极大的'象'来，这是几十年的帝王兴衰，弱女子一生年华的流逝。多少繁华、多少凄楚的想象，都会被这寥落垂暮、孤寂黯淡的眼前之'象'所唤起。于是读此片言，便有超越时空的万象俱生。这就是'象外之象'。而由眼前之'象'去想及'象外之象'，我们的想象力及相伴随的情感，自然而然要在这二者间往复流转，并被我们细心体味。这样，在这诗的寂寞情调之外，我们必然会产生更为复杂的感受。这里有年华逝去的悲哀，有兴衰莫测的慨叹，有对往事的怀恋，有对眼前的忧伤。进而，又有更深沉的哲理思索：时光、功利、青春、历史，乃至去穷极人生最深层的奥秘，天地最广博的大'道'。这就是'味外之旨了'。加以概括，则'象外之象'指'境'的延展的结果，它可以为想象延展出广阔的空间；'味外之旨'则是'意'的流转的结果。它可以使欣赏者的情感向深层流转，直至抵于理性的秘藏。"

如此解说十分正确，很有道理。懂得此理，就知道这首《行宫》小诗之所以耐人寻味、发人深思的原因了。

一首辛词的章法

> 绿树听鹈鸠。更那堪、鹧鸪声住,杜鹃声切。啼到春归无寻处,苦恨芳菲都歇。算未抵、人间离别。马上琵琶关塞黑,更长门、翠辇辞金阙。看燕燕,送归妾。
>
> 将军百战身名裂,向河梁、回头万里,故人长绝。易水萧萧西风冷,满座衣冠似雪。正壮士、悲歌未彻。啼鸟还知如许恨,料不啼清泪还啼血。谁共我,醉明月?
>
> ——〔宋〕辛弃疾《贺新郎·别茂嘉十二弟》

王国维认为:"稼轩《贺新郎》词'别茂嘉十二弟',章法绝妙。"(《人间词话》)可是他没有说明理由。兹就此词之章法,试析如下:

这是一首送别词。开端连举三种鸟声,渲染眼前的环境气氛。鸟鸣的凄切与"芳菲都歇"的意象叠加融合,构成悲剧环境,凸显悲剧气氛。"算未抵人间离别",意思是景物之凄清比不上人间的生离死别之苦。此句承上启下。由景入情,由鸟之悲鸣,转到人之离别。写离别,直接连用五事,前用三妇人(昭君、陈皇后、庄姜)的故事,后用三男人(李陵、苏武、荆轲)的故事。作者选择一些与离别有关的典故加以铺陈排比,既表达出离别的悲伤痛楚,又使内容更具广度与深度。这些离别场面的排比铺陈,凸显悲剧的时代特征,并把悲剧气氛渲染到最高度。从纵向看,三鸟加五事,累如贯珠,层层递进,步步加深,很有感染力。从横向看,三鸟五事,一齐扑向读者的眼帘,大有激流猛冲之势,形成一种独特的震撼人心的艺术力量。词的开端,因鸟起兴,接着由景到人,列举典故,然后又回到"啼鸟"。这样排列组合,如此首尾回旋,前后呼应,收到了感人的效果。由此可知,这首词的结构紧凑而完整,十分精妙。

秦观《踏莎行》结句

秦观字少游，是"苏门四学士"之一。他四十九岁时，被贬到郴州，随后作了《踏莎行·郴州旅舍》，抒发了他贬逐后的苦闷之情，并传出了他凄楚难言的隐衷。这首词的结句是："郴江幸自绕郴山，为谁流下潇湘去？"苏东坡、王国维对此句的看法迥然不同。惠洪《冷斋夜话》载：少游写此词（指《踏莎行》），东坡读之："绝爱其尾两句，自书于扇，曰：'少游已矣，虽万人何赎'！"可见此二句感人之深，以及对秦观的哀思之切了。王国维说："东坡赏其后二语，犹为皮相。"（《人间词话》）此话欠妥。东坡的赞赏在理，他的看法是深刻的，并非皮相。其实《郴州旅舍》末两句是最着力处，是画龙点睛之笔。"郴江"之水绕过"郴山"，向北流入湘江。这一自然现象，牵动了秦观的心。要是想起秦观《自作挽词》中的"奇祸一朝作，飘零至于斯"两句，就可以体会出，他对于离开"郴山"一去不返的"郴江"之水，注入了多少他自己的离乡远谪的长恨了。"为谁流下"一问，正是秦观对决定"郴江"流向的天地所提出的极其悲愤的诘问。这一问凸显了天地的冷酷无情，深刻地表达了词人秦观的苦怨。

末句以问、以景作结，颇有暗示性，还另有一层意思："郴江"之水能离开这里，流向"潇湘"，可是被贬到这里的异乡人不自由，走不出去，奈何！暗示前途黯淡、心境凄凉。简言之，词有两层意则妙。

人比黄花瘦

薄雾浓云愁永昼,瑞脑消金兽。佳节又重阳,玉枕纱厨,半夜凉初透。

东篱把酒黄昏后,有暗香盈袖。莫道不消魂,帘卷西风,人似黄花瘦。

——[宋]李清照《醉花阴》

诗词贵含蓄。所谓"含蓄",乃是"不着一字,尽得风流"(司空图《诗品》)。从字面上看,这首《醉花阴》没有写离别之苦、相思之情,但,字里行间洋溢着对赵明诚(李清照的丈夫)苦苦思念的感情。

这首词得到赵明诚的叹赏。赵明诚的友人陆德夫认为:此词结尾"三句绝佳"。请看元伊世珍《琅环记》里的载述:"易安以重阳醉花阴词函致明诚。明诚叹赏,自愧弗逮,务欲胜之,一切谢客,忘食忘寝者三日夜,得五十阕,杂易安作以示友人陆德夫。德夫玩之再三,曰:'只三句绝佳'。明诚诘之,答曰:'莫道不消魂,帘卷西风,人比黄花瘦'。政易安作也。"陆德夫的看法不无道理。以黄花来比人的瘦,颇有创造性。"瘦"字既形容了人,又形容了花。以一个"瘦"字暗示长期的思念,不说破情,而情愈深。由此可见,"瘦"字用得妙!

宋无名氏《如梦令》有"依旧,依旧,人与绿杨俱瘦"之句,前人已经指出李清照这首词的"结句亦从'人与绿杨俱瘦'脱出,但语意较工妙耳。"(清许昂霄《词综偶评》)这正说明李清照不是以借鉴代替创造,而是善于学习,勇于创造。还有一点值得提出:根据时令、情境,李清照用了"黄花"一词,非常恰当,并含深意——暗示她自己的品格、情操。"菊,花之隐逸者也,"(周敦颐《爱莲说》)具有傲霜的性格、傲骨的精神。因此,李清照拿"菊"来比。

一首郑板桥的题画诗

郑板桥曾在竹子图上题了一首七绝:

四十年来画竹枝,日间挥写夜间思。
冗繁削尽留清瘦,画到生时是熟时。

这首诗叙写了画竹的情形并表达了对画竹的看法。"郑板桥为了把握竹的本质,以便用它去表达胸中逸气,历尽四十年时间,白天不断练习,晚上睡在床上还要反复琢磨,最后终于达到了'我有胸中十万竿,一时飞作淋漓墨'的水平。在他画的竹子中,细节和多余的成分全部删去了,从表面上看,仅有'一两三枝竹竿,四五六片竹叶',实际上乃是代表着竹之最本质的东西。……这些代表着现象之本质的线条或色彩,是艺术家在一阵心醉神迷中所感受到的东西的最精炼的和最富暗示性的再现。"(滕守尧《审美心理描述》)

"冗繁削尽"即简化也。就艺术创作而论,是需要简化的。因为原始形象变成艺术形象,往往要通过简化的手段来完成。简化之法,不是简单的减"。这是因为简化的目的在于使简化后的形象栩栩如生，生动美妙，并且能传神，能表现出最本质的东西。卡西尔说："艺术容不得一种概念式的简化、推演式的概括。"（《人论》）此话意在强调：简化必须强化形象性，而不能弱化形象性，这是对的。

"画到生时是熟时"，表明了郑板桥既有高超的画竹技巧，又有高明的艺术眼光——面对习见的平凡的物象，能看出陌生的一面；面对陌生的物象，能看出熟悉的一面。这一点很重要。只有用这样的眼光，才能把握物象的类型特征和个性特点，才能凸显物象的新奇美。

一枝一叶总关情

> 衙斋卧听萧萧竹,疑是民间疾苦声。
> 些小吾曹州县吏,一枝一叶总关情。
> ——[清]郑燮《潍县署中画竹呈年伯包大中丞括》

郑燮(1693—1765),字克柔,号板桥,江苏兴化人。他出身贫苦,早年在扬州以卖画为生,四十三岁时考取乾隆元年的进士,在山东范县、潍县做了十二年知县,一直勤政爱民,由于为民请赈,得罪上司,于是以病辞官,重回扬州卖画,为"扬州八怪"之一。郑板桥善画竹,也善写诗,颇负盛名。这首题画诗很能反映作者对民间疾苦的真切关怀。诗中指出,作为州县的地方官应该对老百姓的"一枝一叶"加以关心,这既有对自己的激励,也包含着对同僚的劝勉。他的诗作多反映社会现实和民间疾苦,他有时也描写民间风俗和田园风光。

郑板桥写了数百首诗,自编《板桥集》,颇得一些学者、朋友的赞赏。一天,有一位名叫陈孟周的盲人登门向郑板桥求教作诗之法。郑板桥吟诵了李白的两首词——《菩萨蛮》《忆秦娥》。数日后,陈孟周亦用《忆秦娥》调作词两首，请郑板桥指正。其一是："光阴泻，春风记得花开夜。花开夜，明珠双赠，相逢未嫁。旧时明月如钩挂，只今提起心还怕。心还怕，漏声初定，玉人楼下。"其二是："何时了，有缘不若无缘好。无缘好，怎生禁得，多情自小。重逢那觅回生草，相思未创招魂稿。招魂稿，月虽无限，天何不老！"这两首词情深意切，令人过目成诵。足见这位盲诗人的艺术功力。郑板桥听了陈孟周的吟诵后，吃惊不小，喟叹这位盲诗人有如此学识才华，深感自己不如他。以后，郑板桥逢人便吟诵这位名不见经传的盲诗人的力作，予以褒扬，并且写下了自己的感受："余闻而惊叹，逢人便诵……拙词近数百首，因愧陈作，遂不复存。"精通诗书画的大学者郑板桥居然如此谦恭，能这样自我反省，实在难能可贵。

朦胧诗

黑夜给了我黑色的眼睛
我却用它寻找光明

——顾城《一代人》

这首诗是顾城的代表作之一，人们称之为"朦胧诗"。"文革"刚结束，"朦胧诗"就产生了。当时一些青年人，喜欢写这种诗，很快形成新诗潮，同时引起一场论战。谢冕说："一首难以理解的诗，并不等同于不好的或失败的诗，除非它是不可感的。"（《朦胧诗选》序）此话在理。"可感"是作诗的起码的要求。不可感的诗不是好诗，因为它把若干词语杂乱无章地拼凑在一起，犹如"迷魂汤"。"朦胧诗"既然是诗，那么，它不管多么"朦胧"，总要有"可感"之处，否则就成了"天书"。就拿顾城写的《一代人》来说吧，这首诗带有很大的朦胧性，但它的核心内涵是明确的。陈超对此诗作了解析："诗人为这短短的两行诗冠以《一代人》这个博大的标题，这就为我们规定了进入此诗的视角——社会评判性质的视角。但诗人没有'说明'，他是在'呈现'。'黑夜'象征那场空前的浩劫；'黑色的眼睛'在这里具有双重寓意：一是指这双眼睛曾被'黑夜'所欺骗、所熏染，一是指这双眼睛在被欺骗之后发生了深刻的怀疑，它在黑暗中，渐渐培养起一种觉悟，一种适应力和穿透力，它具有了全新的品质，最终成为'黑夜'的叛逆，成为'寻找光明'的生命意志的象征。在'黑色的眼睛'这个深层意象中，受骗和觉醒被神奇地结成一体……这首诗体制短小，但有筋有肉有骨有气，是深层意象诗中的佼佼者。"（《新诗鉴赏辞典》）如此解说是对的。由此可知：一，诗须可感，不能完全朦胧；二，意味深长的诗往往是模糊性与明确性的集合体；三，诗味往往在可解与不可解之间。

意象朦胧

多义性是语言符号中一种常见的现象。诗的多义性除了歧义之外,就是模糊。"模糊"即"含混"。含混本身可以意味着意思不肯定,意味着有意说好几种意义,意味着可能指二者之一或二者皆指,意味着一项陈述有多种意义。"(威廉·燕卜荪《七种含混形态》)。诗的意象朦胧使作品成为一个容量大的审美结构,从而能够包蕴多种指涉意义。诗之妙,往往就妙在朦胧上。不妨举例说一说。

> 你
> 一会看我
> 一会看云
>
> 我觉得
> 你看我时很远
> 你看云时很近
>
> ——顾城《远和近》

此诗意象朦胧,能以简语表多意。

诗评者彭富春考虑到顾城创作此诗的时代背景，认为这首小诗表现了"文革"时期彷徨者的心理。他说："彷徨者常常具有深刻的孤独感。他觉得世界上没有任何人可以了解自己，即使是友谊、爱情的天使也是这样。但是形成人与人之间隔膜的根源是什么呢？他自己也不知道。这是一种莫名的苦恼。《远和近》表现了这种情感。'你／一会看我／一会看云／／我觉得／你看我时很远／你看云时很近'。人与自然的现实距离那么远，但是人与自然的心理距离又是那么近，那么容易理解；人与人的现实距离那么近，但是人与人的心理距离又是那么远，那么不可理解。这首小诗在某种意义上是深刻的。然而，这种距离不是十年动乱的产物么？人与人之间的心灵隔膜不正是所谓斗争哲学制造的结果么？在现实的意义上，人与人之间的关系毕竟不同于人与自然之间的关系，人与人之间的关系高于人与自然之间的关系。人与人是可以理解，心灵的世界是可以沟通的。而这不正需要我们不倦的奋斗、不倦的追求吗……"（彭富春《时代·青春·审美》）如此评说很有道理。

诗评者张平治认为："这首诗写的是奇妙的爱情距离感。"随即加以解说："距离感是一种审美心理活动。爱情的距离感复杂而微妙,它富于弹性变化,常与相爱者个人的独特感受相联系,远近距离只是在心理的体验,有时可因人因时而异。因为它不是实有的空间距离,而只是抽象的心理距离。诗中写一个男女约会的场面。想象一下那情景该是:两人相会,四目相接,男的倒坦然大方,深情地注视着女方;女的却显得羞涩局促,不时转眼回避,去看天上的云。'你,一会看我,一会看云'。通过这位姑娘目光多次转换,常常仰望着天,刻画出她那惶恐不安的心绪神态。就在这时,男方的'我'突然产生了一种奇异的感觉,好像意会到了什么——啊!这是一种爱情上的隔膜感,心理上的距离感。他对她的观察结果发现:她在看自己时,那目光是冷淡的,迷惘的,没有爱的对流和辐射,给人以陌生之感;而她看云时,却恢复了自然的常态,那目光是欣赏的,亲近的,好像带有几分好感。这时他的心理感觉是:'我觉得,你看我时很远,你看云时很近'。这里的'远近'是妙语双关,字面上指的是视觉上的空间距离,实际上指的是男女间的心理距离。她看云很近,看'我'则很远,这含蓄地说明了爱情上的难相知、有隔膜。两人虽然相距很近,她就站在他的面前,但她不向他敞开心灵的大门,她的目光里没有爱的流露,所以感到两颗心相距是很远的,几乎可以说:他们中间还隔着一条无形的人间天河……"(张平治《奇妙的爱情距离感》)如此解说也有道理。对于诗,读者在合理的范围内可以有解释的自由,所谓"仁者见仁,智者见智"。这当然是有原因的,其主要原因就是:诗的朦胧性。须知,诗意朦胧的积极作用,就在于"最大可能地调动欣赏者的创造欲望,吸引他们的参与。"(谢冕语,《朦胧诗选》序)

诗的朦胧美

中国古代就有朦胧诗,例如李商隐写的诗意朦胧的诗,但无朦胧诗的称谓。"朦胧诗"一词,始出于《诗刊》一九八〇年第八期中的一篇文章——《令人气闷的"朦胧"》,但"朦胧诗人"的提法,早在二十世纪四十年代就出现过。到了一九八五年一月,"朦胧诗"才得到诗论家谢冕的肯定。关于诗的朦胧美,诗人覃子豪在他的《诗的艺术》中就论述过。现摘抄几段:

> 象征派的诗人则特别重视朦胧美的效果,便是诗是富于梦幻的魅力。即是使读者能在朦胧中窥见真实,而诗人则将真实藏于如梦如幻的境界中。只因"这梦幻的世界,具有一种神秘、幽玄的情调,这便是朦胧美的特征"。
>
> 凡欣赏景物必须有其适当的角度,太远则模糊一片,无法辨认,自无美的感觉;太近则一览无余,毫无遐想的余味。美便是距离所造成。诗的朦胧美便是诗给读者制造一个适当的距离,而使读者对诗感觉到有领略不尽的意味。
>
> 诗的朦胧美,不是含糊不清,一片混沌,是由清

晰到朦胧，即是其朦胧不失其为视觉可感的意象；朦胧不失去事物的真际；表现不失去事物真际的准确性。

由此可知，诗意朦胧的诗"所蕴含的朦胧美，有明朗诗难以提供的美学价值"（古远清语）。仅仅如此是不够的，还必须有思想。作品的思想就是作者对作品中所描写的一些现象的想法。作品的思想与其内容是有机地结合着的，也就是说，思想包含在作品内，只有通过作品内容，思想才能表现出来。思想与美感是有关联的，深刻的思想往往与深刻的美感结合在一起。不妨举个例子来谈。

> 大海中的落日
> 悲壮得像英雄的感叹
> 一颗星追过去
> 向遥远的天边
>
> 黑夜的海风
> 刮起了黄沙
> 在苍茫的夜里
> 一个健伟的灵魂
> 跨上了时间的快马
>
> ——覃子豪《追求》

这首诗写"海中"的"落日","天边"的"星",被"海风"刮起的"黄沙",骑上"快马"的"灵魂",构成了一种如梦如幻的境界,时空阔大,意境壮美,朦胧中有可供求索的真实意象。此诗的中心思想是明确的,那就是"追求"光辉,旨在激发读者对人生境界和人生价值的思考。我同意诗人罗门对这首诗的评价:"《追求》在表现上最为精纯圆浑,精神境界也很高。'大海中的落日／悲壮得像英雄的感叹'这头两句就可以看出他的心力和功力。落日是拥抱过光辉的白昼的,他如果没有生命的那种体察,如何会想到英雄悲壮的感叹如同大海的落日呢?感叹用得最为传神。因为感叹能表现出整个生命带着声音沉落的景况,真是看到了大海中悲壮的落日,也听见了英雄的感叹。紧接着他写出'一颗星追过去／向遥远的天边'这一物境,使一个已入晚境的生命之星向永恒奔去。留一条光迹在天上,并由此引出'一个健伟的灵魂'——诗人他自己,'在苍茫的夜里''跨卜了时间的快马'而去,潜向永恒的茫茫的时空。这种表现闪烁着灵智的光辉,让我们看见了他在诗中所把握的那种超越了悲剧而顽强存在的人生境界,是非凡而伟大的。"(《在覃子豪逝世十五周年纪念会上的讲话》)

一首白居易写的朦胧诗

花非花,雾非雾,

夜半来,天明去。

来如春梦几多时?

去似朝云无觅处。

——[唐]白居易《花非花》

施蛰存认为,此诗"是变格的仄韵七绝,他(指白居易)把前两句各分为三三句法"。周啸天认为:"此诗运用三字句与七字句轮换的形式(这是当时民间歌谣三三七句式的活用),兼有节律整饰和错综之美,极似后来的小令。所以后人竟采其句法为词调,而以'花非花'为调名。"(《唐诗鉴赏辞典》)这两种看法都在理。

对于此诗的意蕴,施周二人各有各的看法。施蛰存认为:此诗"为妓女而作。'花非花'二句比喻她的行踪似真似幻,似虚似实。唐宋时代旅客招妓女伴宿,都是夜半才来,黎明即去……她来的时间不多,旅客宛如做了一个春梦。她去了之后,就像清晨的云,消散得无影无踪。"周啸天认为：此诗是"悼亡之作"，"表现出一种对于生活中存在过，而又消逝了的美好的人与物的追念、惋惜之情。"这两种看法都有一定的道理。

"朦胧诗"的名称虽然是现代人提出来的，但，中国古代就出现过这样的诗。《花非花》就是一首"朦胧诗"，写的是"梦幻"。开头两句："花非花，雾非雾"——似花又不似花，似雾又不似雾，给人一种捉摸不定的感觉。读了"来如春梦"四个字，必然要问："谁"来了？来了"什么"？按上下文之意，想一想，就会知道"来"的是"花非花""雾非雾"。"花非花""雾非雾"，究竟指什么？不知道，只知道"花非花""雾非雾"来时的情景如"春梦"，去时的情景似"朝云"。诗的意境蒙上一层"朦胧"的色彩。法国诗人魏尔仑说："词不论雅俗／挥洒各自如／最难得的是灰色的歌，／把模糊与清晰有机结合。"（《诗艺》）他说的这种"灰色的歌"，其实就是"朦胧诗"。这种诗的特点就是"模糊与清晰有机结合"。这种诗既有清晰之处，也有模糊之处。诗中的模糊不是晦涩，不是混乱，不是"迷魂汤"，更不是糊里糊涂。诗中的模糊，往往和含蓄、深沉、丰富联系在一起。白居易的《花非花》就是这样一首内涵丰富、耐人寻味、余味无穷的朦胧诗。欣赏者倘若发挥了模糊思维的功能,就能获得一种微妙的内在深层情绪的体验。

新诗改罢自长吟

　　杜甫一向认真创作,刻意求工,争取在艺术上达到更高的境界,正如他所说:"为人性僻耽佳句,语不惊人死不休!"他还说:"陶冶性灵存底物?新诗改罢自长吟。"可见他真心实意忠于艺术了。一个"改"字,一个"吟"字,正道出创作中的甘苦。就诗歌创作而论,修改和吟诵都不可忽视。举例说,杜甫《曲江对酒》诗"桃花细逐杨花落,黄鸟时兼白鸟飞"一联,原稿上句作"桃花欲共杨花语"。刘永济做了这样的解说:"今即此二句比之:'欲共语'三字,不免有矫揉造作之状,而'细逐落'三字则自然工稳;且'细逐'二字含意无穷,固不止'欲共语'之一意也。如此解说是对的。可见,炼字句很有必要。须知,炼声更有必要,因为音乐美是诗的主要特色。我们所熟悉的杜甫诗,便是以"沉郁顿挫"闻名,他自云"新诗改罢自长吟",既表明他注意声调、声律的美,又表明他通过"长吟"来体会、琢磨诗中的声音。可见,要使声调与感情高度结合,而且有音乐美,就必须在"炼声"方面下一番功夫。

人化了的花鸟

感时花溅泪,恨别鸟惊心。

——[唐]杜甫《春望》

司马光在《续诗话》中对这两句作了解释:"花鸟,平时可娱之物,见之而泣,闻之而悲,则时可知矣。"后来绝大多数读者同意并采用这种说法,仅仅在表述上略微不同而已。略举数例如下:

"并非花鸟不可喜爱,只是杜甫忧国忧时,所以对花溅泪,听鸟声就惊心,也是缘情写景。"

"因感伤时事,平时娱人的花朵,反而使人伤心掉泪。因与家人久别,消息断绝,凶吉未卜,听到平时悦耳的鸟鸣声也感到心惊肉跳。"

"看到花开使人流泪,听到鸟鸣使心惊。"

"因感伤国事,看到花开,泪水溅在花上。因与家人分离已久,听到鸟声也觉心惊。"

以上这些解释都不对,因为这些解释都把诗人所写的人化了的"花""鸟",只当作非人化的自然物。

从语法角度上看,"花溅泪""鸟惊心"都是主谓结构。

换言之,"溅泪"的是花,"惊心"的是鸟,并非诗人"溅泪""惊心"。从艺术角度上看,诗人笔下的花、鸟是创造出来的艺术形象——人化了的花、鸟形象。正确的解释应当是:感伤时事,连花也"溅泪";离愁别恨,连鸟也"惊心"。这样解释,才符合原意。诗人意在表现:自己的"感时""别恨",深深地打动了花、鸟,使花、鸟也感伤起来了。于是诗人通过拟人、移情手法的运用,创造了心物交融的艺术形象——"溅泪"之花、"惊心"之鸟。如此构形、创意,何其高妙!

朱门酒肉臭

"朱门酒肉臭,路有冻死骨。"杜甫的《自京赴奉先县咏怀五百字》这首诗揭露了官僚权贵的荒淫腐败,反映了人民的苦难生活,是杜甫"史诗"中的第一首长诗,具有很大的意义。"朱门酒肉臭,路有冻死骨"这一千古名句,形象地揭示出封建时代阶级对立的社会现实。这里说一下"臭"字。"朱门酒肉臭"句中的"臭"字,读 xiù,不读 chòu,此字意为气味。读 chòu 的"臭",即气味难闻,跟"香"相反。众人皆知:酒不可能"臭"(chòu);在寒冬,肉不会"臭"(chòu),除非肉存放的时间太长。肉"臭"(chòu)了,就要立即把它除掉,不可能把它放在家里。因此,"朱门酒肉臭",这句话的正确解释应当是:"朱门",即地主、官僚、权贵之家。散发出酒肉的气味。

试解杜诗"还家"句、"畏我"句

晚岁迫偷生,还家少欢趣。

娇儿不离膝,畏我复却去。

——[唐]杜甫《羌村三首》(其二)

以上四句是《羌村三首》中的第二首前四句,傅庚生把这几句译为"人已到了晚年,还不免为生计所迫,尽管回到家里来,一点儿高兴的意思也没有,当然脸上的表情也常常是冷冰冰的。娇儿们本来是不离膝下的,可是这些日子,一到我跟前,又怕见我这样的面孔,往往就偷偷地溜走了"。(《杜诗散绎》)若问译得如何?就不得不回答:译错了。试解如下:

《说文》云:"少,不多也。"因此,不能把"少欢趣"译为一点儿高兴的意思也没有。少欢趣,不是无欢趣,而是少有欢趣。杜甫奉诏回家探亲,全家团聚了,"娇儿不离膝",这当然给杜甫以"欢趣",但,这不多的"欢趣",不能使杜甫从忧愁中解脱出来,因为叛乱未平,时局动乱,人民生活艰难困苦,使杜甫千忧百虑,心如汤煮。

"畏我复却去",此句的主语是前句中的"娇儿",

"畏"是表示心理活动的动词,它的宾语是"我复却去"。换言之,这句意思是:娇儿怕我又仍然要离去。因此,决不能把此句译成:娇儿怕见我冷冰冰的面孔,就偷偷地溜走了。试问,当看见"娇儿"走来时,杜甫会板着冷冰冰的脸吗?按常理而论,是不会的。三、四两句写"娇儿"绕父膝、冀父留的情状,栩栩如生。这样的描写,也流露出对"娇儿"的歉意以及无可奈何之心情。

对诗的解说要合情合理

唐上元二年（761）秋八月，怒号的秋风卷走了杜甫浣美溪畔草堂上的茅草，晚上又下了一场大雨，把床上都淋湿了。面对这苦难的处境，杜甫不只是哀叹自己的遭遇，而是进一步联想到普天下还有千千万万个和自己同样不幸的人，于是创作了这首歌行体的古诗《茅屋为秋风所破歌》。此诗第二节是：

南村群童欺我老无力，
忍能对面为盗贼。
公然抱茅入竹去，
唇焦口燥呼不得，
归来倚杖自叹息。

对于这第二节所述，有不同的解说。

张燕瑾在《唐诗选析》中解说道："'公然'二字，把顽童那种故意气人的调皮情态刻画很生动。在小孩子的顽皮中，包含有活泼可爱的地方；老人的焦急不安中，也有哭笑不得的成分。"这样解说欠妥。我们并没有看出小孩子的活泼可爱之处。其实诗人旨在表现"南村群童欺我老无力"。

郭沫若解说道:"诗里面是赤裸裸地表示着诗人的阶级立场和阶级情感的。""使人吃惊的是他骂贫穷的孩子们为'盗贼'。孩子们拾取了被风刮走的茅草,究竟能拾取多少呢?亏得诗人大声制止,喊得'唇焦口燥'。贫穷人的孩子被骂为'盗贼',自己的孩子却是'娇儿'。他在诉说自己的贫困,他却忘记了农民们比他穷困百倍。""农民的儿童们拿去了一些被风吹走的茅草都被骂为'盗贼',农民还有希望住进'广厦'里吗?"

霍松林解说道:"第二节五句。这是前一节的发展,也是对前一节的补充。前节写'洒江郊'的茅草无法收回。是不是还有落在平地上可以收回的呢?有的,然而却被'南村群童'抱跑了!'欺我老无力'五字宜着眼。如果诗人不是'老无力',而是年当壮健有气力,自然不会受这样的欺侮。'忍能对面为盗贼',意谓竟然忍心在我的眼前做盗贼!这不过是表现了诗人因'老无力'而受欺侮的愤懑心情而已,绝不是真的给'群童'加上'盗贼'的罪名,要告到官府里去办罪。所以,'唇焦口燥呼不得',也就无可奈何了。用诗人《又呈吴郎》一诗中的话说,这正是'不为困穷宁有此'！诗人如果不是十分困穷，就不会对大风刮走茅草那么心急如焚；'群童'如果不是十分困穷，也不会冒着狂风抱那些并不值钱的茅草。这一切，都是结尾的伏线。'安得广厦千万间，大庇天下寒士俱欢颜'的崇高愿望，正是从'四海困穷'的现实基础上产生出来的。"（《唐诗鉴赏辞典》）这样解说合情合理，令人信服。

一时兴到语

袁枚在《随园诗话》里说:"余雅不喜杜少陵《秋兴》八首,而世间耳食者,往往赞叹,奉为标准。不知少陵海涵地负之才,其佳处未易窥测;此八首不过一时兴到语耳,非其至者也。"这样说很不正确。其实,诗人写诗可以用"一时兴到语",可以把诗写好。张戒说:"诗人之工,特在一时情味,固不可预设法式也。"(《岁寒堂诗话》)此论正确。诗人与外界事物接触,忽有所感,产生一种特定的情致兴味,然后寓之于诗。这样有真情实感的诗,往往情味盎然。诗人有了"一时情味",即用"一时兴到语",这是诗人写诗时的一种通常的情形,很正常。《秋兴》八首,究竟写得如何,不妨引述几位诗评家的评论:

张綖说:"《秋兴》八首,皆雄浑富丽,沉着痛快,其有感于长安者,但极摹其盛,而所感自寓其中。"(《杜工部诗通》)

郝敬说:"《秋兴》八首,富丽之词,沉浑之气,力扛九鼎,勇夺三军,真大方家如椽之笔。"(转引自《唐宋诗醇》)

屈复说:"若八首作一首读,其变幻纵横,沉郁顿挫,

一气贯注,章法句法,妙不可言。初、盛大家七律一题八首者,谁乎?"(《唐诗成法》)

佚名说:"盖唐人七律,以老杜为最,而老杜七律,又以此八首为最者。以其生平之所郁结,与其遭际,暨其伤感,一时荟萃,形为慷慨悲歌,遂为千古之绝调。"(《杜诗言志》)

冯钟芸说:"《秋兴》八首内容丰富,感情深沉,章法缜密严整,层次分明。各首之间有伏笔、有照应。"(《杜甫〈秋兴〉八首的艺术特点》)

以上评论,非常正确。我也认为,《秋兴》八首是上乘之作。

月光下的诗翁

月光透过白云的空隙,
把根根竹梢辉映,
波光粼粼的水面,
印着古桥的清晰倒影。

景致幽雅,愉悦人心,
夜色苍茫,万物一新;
景如梦,笔传神。
莫道明月不等人。

桑树下醉倚着诗翁,
他把盏挥笔,狂书不羁,
描绘着醉人的夜色、
舞动的倩影和月光的蜜意。

月如银,云似水,
在诗翁的眼前浮动,
在诗翁的笔下复出;

这稍纵即逝的诗情画意,

被赋予了柔情,

被赋予了灵魂和生命。

这诗情画意,

千古流传以至永恒。

——[德]赫尔曼·黑塞《中国的诗翁》,赵平译

赫尔曼·海塞,德国著名诗人,一九四六年诺贝尔文学奖获得者。他的诗作清新隽永,充满浪漫主义情调。他还以中国的历史为题材写过一些散文和童话,赞美孔子、老子和庄子的学说。

《中国的诗翁》,这首诗生动地描写了月光下的景色和月光下的诗翁,凸显了李白的浪漫风采和独特个性。作者写月下的"竹梢""水面"和"古桥的倒影",颇具东方特色的意境,带有浓厚的中国古典诗词的韵味。在渲染清丽、幽雅的背景之后,作者写"诗翁"——他"醉倚"在桑树下,"把盏挥笔,狂书不羁,描绘着醉人的夜色、舞动的倩影和月光的蜜意。"这样的描写,自然使我们想起李白的名句:"举杯邀明月,对影成三人。"作者抓住

李白"酣醉狂书"这一颇具个性色彩的情境，使诗翁的形象十分传神。诗的尾句——"这诗情画意，千古流传以至永恒"，表现出作者对中华文化的赞美，对中国诗翁李白的钦敬。

　　海塞把月亮与李白密切地联系起来，表现出二者亲密无间、相得益彰，这充分表明他深知李白对月亮倾注了满腔的热情和挚爱。李白从小就对月亮有浓厚的兴趣："小时不识月，呼作白玉盘。又疑瑶台镜，飞在碧云端。"尔后，月亮就伴随诗人度过一生。我们发现今存的一千多首李白诗中，竟有四百多首诗提到月亮。若究其原因，依我看，原因就是有人说的那样——月亮给人透明、清澄的感觉，以及它高悬中天、不为陋劣的世俗所左右的特点，深深打动着李白的心。李白的资质或生理本身就存在对透明的具有光辉的事物的憧憬，而月亮是最明显地具备这要素的事物，也就自然而然成为诗人赞美的对象。

李白的"识见"不污下

《钟山语录》云:"王荆公次第四家诗,以子美为第一,欧阳永叔次之,韩退之又次之,乃以太白为下俗。人多疑之,公曰:'白诗近俗,人易悦故也。白识见污下,十首九说妇人与酒。然其才豪俊,亦可取也'。"(转引自《诗林广记》)

这则诗话,记录了王安石为杜甫、欧阳修、韩愈、李白四人的诗作排名次。王安石认为杜甫的诗第一、欧阳修的诗第二、韩愈的诗第三、李白的诗第四,并提出把李白诗排在最后的理由:李白"识见污下,十首九说妇人与酒"。这条理由是站不住脚的。其实,李白的"识见"并不污下,他的"识见"是高明的,诚如翁方纲所说:"太白咏古诸作,各有奇思。"(《石洲诗话》)"奇思",即指诗中深刻独到的思想内容。李白有《古风》五十九首,都是寄意深远之作。清人评论说:"白《古风》……远追嗣宗(阮籍)《咏怀》,追比子昂(陈子昂)《感遇》,其间指示深切,言情笃挚,缠绵往复,每多言外之旨。"(转引自《历代诗话选注》)不仅李白的《古风》是如此,他的绝句、律诗、歌行体诗也是写得情深意切,"各有奇思"。

韩愈说:"李杜文章在,光焰万丈长。"(《调张籍》)如此评说李、杜非常恰当。李商隐认为:"李杜操持事略齐,三才万象共端倪。"(《漫成五章》)这两句意为:李白与杜甫写诗的才能大体相等,在李、杜的诗中,天地之情,万物之象,无不毕现。此乃极赞李、杜才识之高以及取材之广。这样称赞不无道理。

饮酒作诗

三百六十日,日日醉如泥。
虽为李白妇,何异太常妻。

——[唐]李白《赠内》

两人对酌山花开,一杯一杯复一杯。
我醉欲眠卿且去,明朝有意抱琴来。

——[唐]李白《山中与幽人对酌》

这两首诗用数词和很有节奏感的语句描写饮酒心理,自然真切,表现出李白豪放直率的性格,并含有一种谐趣,耐人寻味。

饮酒作诗,出外旅游,这就是李白长期的生活。李白的诗,以饮酒、游仙、美女为题材的较多。后代文学评论家对此有不同的看法,有人批评李白,有人为李白辩护。孰是孰非,姑且不予评论。这里,仅略谈饮酒对李白创作是否有益。李白明确地说:"古来圣贤皆寂寞,惟有饮者留其名。"(《将进酒》)"饮者"之所以能"留其名",正因为"饮者"有佳作。郭沫若也明确地说:"他(指李白)的好诗,多半是在醉后作的。"(《李白与杜甫》)可见,饮酒对李白作诗是有益的。饮酒往往能引起兴奋、激情,使脑际产生错觉性意象和朦胧的主观幻象。这种意象和幻象从客观物理上看是失真的,但从主观心理上看是真实的。富有真情实感的虚幻之意象,经过诗人的排列组合,往往能形成奇妙的诗化境界。

诗词难译

千山鸟飞绝,万径人踪灭。
孤舟蓑笠翁,独钓寒江雪。

——[唐]柳宗元《江雪》

这首诗展现了一幅绝妙的江雪独钓图,凸显渔翁孤傲、坚毅、刚强的性格。有人用英语直译了此诗,若用中文把它(即英译的《江雪》)译出,就是这样的:

千座山。飞鸟全无。
万条路。人迹全无。
孤独的船。蓑衣,竹笠,老人。
独自垂钓。寒冷的大江。雪。

如此直译,只是生硬地、机械地拼缀了词语而已。原诗丰富的意蕴大半失却了,原诗的文采、音律、情趣、韵味也一齐失却了。

须知,"中国的古典诗词,是一种特殊的艺术品。它主要的艺术特色是文采和音律"(钱仲联语)。美的文采,能使所写的情、景、事、物美妙动人。声调美，音律协畅，能增强抒情的作用。诗词中的声音通常是抑扬顿挫的，这是因为"诗篇的精神往往在抑扬，特别是顿挫中传出"（钱仲联语）。诗人波澜起伏的感情，也往往通过抑扬顿挫之声表现出来。因此，可以说，翻译中国的古典诗词，要是失去了原作的文采美、音律美，就必然差劲。

译诗的方式应有多种

匈牙利著名诗人裴多菲写了一首题为《自由与爱情》的诗,此诗有三种汉译的译文。

殷夫(白莽)的译文是:

生命诚宝贵,
爱情价更高,
若为自由故,
二者皆可抛!

孙用的译文是:

自由,爱情!
我要的就是这两样。
为了爱情,
我牺牲我的生命;
为了自由,
我将爱情牺牲。

兴万生的译文是：

> 自由与爱情。
> 我都为之倾心。
> 为了爱情，
> 我宁愿牺牲生命，
> 为了自由，
> 我宁愿牺牲爱情。

我觉得这三种译文都不错，各有所长。我同意辜正坤的看法："我们译一首诗，可以用古体译、今体译、白话体译、自由体译，或押韵，或不押韵，或文、白两夹，译出的诗都自有其魅力，我们不应简单地加以褒贬，分优劣，定尊卑。因为一种译风不能满足所有的译者和读者。"（《世界诗歌鉴赏五法门》）还是歌德说得对："让我们多样化吧！"（《歌德的格言和感想集》）既然人类审美趣味多样化，那么，译作风格就应当多样化。须知，不管如何多样化，译诗总归要遵循一定的规则。译诗的规则有三条：一、合乎原意；二、合乎诗的形式；三、语句简练流畅，尽量使句子"诗化"。

李杜诗篇仍新鲜

赵翼《论诗绝句》（其二）云："李杜诗篇万口传，至今已觉不新鲜。江山代有才人出，各领风骚数百年。"在这首诗里，作者表达了一种见解：诗歌必须随着时代的变化而变化，各个时代产生各个时代的诗坛领袖，他们"各领风骚"。此见解正确。赵翼是清代诗人，他认为，到了清代，李杜诗篇已经不新鲜。这种看法错了。评价艺术作品，不能着眼于"新""旧"。其实，"旧"的艺术作品有好的，也有差的；"新"的艺术作品有好的，也有差的。关键要看是否有艺术魅力。李杜诗篇具有感人的历久不衰的艺术魅力，如今人们读起来津津有味，仍然觉得很新鲜。真正有艺术魅力的佳作，不仅能给当代人以新鲜感，而且能给后代人以新鲜感。

刘半农的《情歌》及其他

天上飘着些微云，
地上吹着些微风。
啊！
微风吹动了我头发，
教我如何不想她？

月光恋爱着海洋，
海洋恋爱着月光。
啊！
这般蜜也似的银夜，
教我如何不想她？

水面落花慢慢流，
水底鱼儿慢慢游。
啊！
燕子你说些什么话？
教我如何不想她？

> 枯树在冷风里摇,
> 野火在暮色中烧。
> 啊!
> 西天还有些儿残霞,
> 教我如何不想她?
>
> ——刘半农《情歌》

此诗发表时的标题是《情歌》,后改为《教我如何不想她》。

一九二〇年,刘半农赴欧洲留学,研究语言学。远离祖国的刘半农,面对各种自然现象,都会受到触动,随即想起了"她",于是写了《情歌》(即《教我如何不想她》),抒发了深挚的爱国之情,感人至深。为这首诗谱曲的语言学家赵元任说:"诗中的'她',代表当年赵元任和刘半农在国外日夜思念的祖国。"诗人刘半农运用了歌谣中最常用的比兴手法,通过对景致的描写,渲染气氛,创造意境。诗共四节,每节都以相同的设问句作结,起到了连接和强调的作用,并且强化了节奏感。全诗借景抒情,情深意切,景象动人,语言通俗流畅,颇具音乐性,很适宜谱曲。从当时到现在,许多人把这首诗当作爱情诗来读,不无道理，未尝不可。

报纸上曾刊登过有关刘、赵二人的趣闻轶事。趣闻是："一天刘半农先生到赵元任家造访，碰巧有一位青年也在座。当谈起歌曲《教我如何不想她》时，赵元任先生指着刘半农向青年介绍道：'这就是《教我如何不想她》的他。'青年人大吃一惊，脱口说道：'怎么是个老头子？'一句话引得在座的人大笑不止。原来这位青年把刘半农想成了一位风度翩翩的英俊男子或是一位娴雅多情的美丽女子。针对此事刘半农事后还专门写了一首打油诗：'教我如何不想他，请进门来喝杯茶。原来如此一老叟，叫我如何再想他'。"

一看便知，这则趣闻实在很有趣。这首打油诗写得多么幽默！

请看轶事：

"一九三三年刘半农因病逝世，赵元任撰写了'十载凑双簧，无词今后难成曲；数人弱一个，教我如何不想他'的挽联，表达了对老友的沉痛悼念。"

这副挽联，遣词造句精切，能以少字表多意，又能以简语达深情；出句与对句相照应，对得工整自然，十分巧妙。

曹雪芹也是杰出的诗人

眼空蓄泪泪空垂,暗洒闲抛却为谁?

尺幅鲛绡劳解赠,叫人焉得不伤悲!

——林黛玉《题帕三绝句》(其一)

贾宝玉遭到父亲毒打,黛玉哭得"两个眼睛肿得桃儿一般",宝玉托晴雯将两块手帕带给黛玉,黛玉"便命掌灯……研墨蘸笔",在手帕上挥笔疾书。这是林黛玉作此诗的背景。此诗前两句意为:宝玉挨打,我却毫无办法去解救,只能在眼眶里含满泪水,而泪水只能徒劳地淌落。我平时私下里暗自伤心落泪,这又是为谁呢?后两句意为:有劳你把你的手帕赠给我,这手帕虽小,情却深重——尺幅之绢呈海样深情!为了你,叫我哪能不难过伤悲!这首绝句写得多么情真意切。像这样生动的诗在《红楼梦》里很多,而且五花八门,丰富多彩。《红楼梦》里除散文部分以外,还有诗、词、曲、歌、谣、谚、赞、诔、偈、辞赋、匾文、对联等。以诗而论,有五绝、七绝、五律、七律、排律、歌行、骚体,有咏怀诗、咏物诗、怀古诗、即事诗、即景诗、谜语诗、打油诗,有限题的、限韵的、限诗体的、同题分咏的、分题合咏的,有应制体、联句体、拟古体,有拟初唐《春江花月夜》之格的,有仿中晚唐《长恨歌》《击瓯歌》之体的,有师楚人《离骚》《招魂》等作品而大胆创新的……这是真正的"文备众体",是其他小说中所未曾见的。这些诗词曲赋是小说故事情节和人物描写的有机组成部分。这也是有别于其他小说的一个特点。由此可知,曹雪芹的才能是非凡的。脂砚斋说:"雪芹撰此书,亦有传诗之意。"这说明曹雪芹对小说中的各体韵文极为重视。相对而言,诗人触景生情,有感而发,比较容易,要是从别人的角度来写诗,那就不容易了。因为,各人的地位、处境、性格、思想意识、文化程度不同,即使"触物"相同,感受也不可能一样,话语也不可能一样。《红楼梦》里有众多的人物,曹雪芹要代替他们写诗,而且要使这些诗能与他们的社会地位、处境、性格、思想意识、文化水平相吻合,这实在不容易。至今没有哪一位文人能做到这一点,只有曹雪芹能做到这一点。因此,曹雪芹不仅是伟大的小说家,而且是杰出的诗人。

《长恨歌》的主题思想

唐元和元年（806）十二月，白居易写了《长恨歌》，此诗是千百年来为人们所传诵的名篇。对这样一首杰出的诗，却有不同的理解。

有人说，这首诗以喜剧开始而转入悲剧，在政治上是讽刺的，在爱情上是歌颂的，于是形成了主题思想上的矛盾。我认为，这种看法不对。其实《长恨歌》从开头到结尾都是讽刺唐玄宗的荒淫生活、荒唐行为，并没有歌颂李杨爱情，在主题思想上没有矛盾。

有人说，作者对李杨的爱情生活，尤其是对唐玄宗思念杨贵妃，表示了深切的同情；作者对李杨的爱情做了不应有的美化。我认为，这种看法也不对。作者在诗里只是揭露李杨的荒淫生活，并没有美化他们的生活。李隆基凭自己的权位霸占了杨玉环，这是荒淫无耻者压迫、玩弄女子的行为。李杨只过着豪奢糜烂的荒淫生活，不会有爱情生活。在这首诗中，作者花了不少的笔墨，叙写唐玄宗对杨贵妃的思念以及遣人招魂之举。须知，这不是写李杨爱情，这只是表明唐玄宗李隆基是一个迷恋女色、执迷不悟的人。

若是问诗中有没有流露出"同情"之情呢？就应当毫不犹豫地回答：有！那只是同情杨贵妃。同情杨贵妃没有错。理由是：《长恨歌》中的杨贵妃即杨玉环，先为玄宗子寿王之妻，后为寿王父玄宗之妾；先为消遣品，后为牺牲品，反映出妇女的人格和生命，在封建社会里，即使像杨贵妃那样，也是没有保障的。

《长恨歌》的主题思想是什么？简而言之，就是揭露、讽刺、谴责唐玄宗李隆基迷恋女色，执迷不悟，荒废朝政，荒淫误国。

杜甫《戏为六绝句》简释

《戏为六绝句》，大约写于唐代宝应元年（762）。在我国文学史上，用绝句论诗，杜甫是首创者。在这一组诗里，杜甫评论了一些诗人及其作品，也谈了他自己的艺术见解，言简意赅，情理交融，别具一格。现将这六首绝句抄录于下，并略加解说。

一

庾信文章老更成，凌云健笔意纵横。
今人嗤点流传赋，不觉前贤畏后生。

此诗前两问意为：庾信老年时写的诗文更加成熟了，他具有直冲云霄的矫健笔力，已达到文思如潮、文笔挥洒自如的境界。后两问意为：如今有些轻薄的文人讥笑流传下来的庾信诗赋，我不觉得"前贤"（庾信）会有"后生可畏"的感叹。

杜甫对庾信的评价是中肯的，颇有道理。庾信早年就有很高的文学修养，他所写的诗赋，著名于当世。他前期的诗歌，题材很窄狭，在语言上也常有平板之弊。庾信奉使西魏被扣之后，经历了巨大的变化，创作风格也为之一新，所作的诗赋华实相宜，情文兼备，如《咏怀二十七首》《哀江南赋》等诗赋，抒发了怀念故国和乡土的情绪，以及对身世的感伤，写得苍劲悲凉，具有独特风格。"凌云健笔意纵横"，这是杜甫对庾信的点赞，也是杜甫对诗歌创作的一种看法——诗人要气度恢宏，笔意纵横，创造出意境壮阔、气韵生动的作品。

二

王杨卢骆当时体，轻薄为文哂未休。

尔曹身与名俱灭，不废江河万古流。

此诗前两句意为："初唐四杰"——王勃、杨炯、卢照邻、骆宾王的诗，代表初唐时期诗的体裁和风格，可是轻薄的文士们写文章抨击他们，不停地嘲笑他们。后两句意为："尔曹"（你们）如此叫叫嚷嚷，必将落得个"身名俱灭"的下场，而"初唐四杰"的名字和作品像江河那样万古长流，绝不废止，永传后世。

杜甫对"初唐四杰"诗作了这样的评价是对的。不妨引用当今学者的说法来证明。刘开扬在他的《唐诗通论》

里，就评论过"初唐四杰"诗。兹抄两段于下：

四杰诗的题材范围相当宽广，其表现力的深度和感情较为接近人民是应该得到重视的。虽然四杰诗也还是齐梁诗的继承者，但是已经有了一些改革，他们作品的内容比较丰富，文风也比较活泼刚健，不论抒情、写景咏物诗，都有了一些新的进展。

初唐四杰诗的内容丰富，继承齐梁诗而把齐梁诗加以改进，不仅给沈、宋，而且更给陈子昂、张九龄、李白、杜甫、元结、白居易等创造了有利的条件，使他们得以把唐诗发展到全新的阶段。在当时，四杰"以文词齐名，海内称焉"，可是也有不少的人讥刺他们，说他们没有脱掉旧体裁的束缚，而不顾他们所处的时代。只有杜甫既指出他们"劣于汉魏近风骚"，又赞扬他们："王杨卢骆当时体""不废江河万古流"，这才是较全面的评论。

三

纵使卢王操翰墨，劣于汉魏近风骚。
龙文虎脊皆君驭，历块过都见尔曹。

此诗前两句意为：即使卢王（也兼指杨骆）写出来的诗文比不上汉魏时期的作品，却接近《国风》《离骚》风骨。后两句意为："四杰"都是非凡人才，他们驾驭名马"龙文""虎脊"，跨过都城，就好像跨过小土块那样，而你们这些轻薄的文人，与"四杰"一经比较，就立刻见出高低。

这首诗紧承上一首，继续对"四杰"做出合理的评价。杜甫认为，"四杰"的诗文虽然赶不上汉魏作品，却接近"风骚"之风骨，仍有价值；"四杰"有能力驾驭名马，驰骋在文场上，而浅薄的文人只会望尘莫及。在诗中，杜甫标举"风骚"，肯定"汉魏"，意在表明：在诗歌创作上，必须继承中国诗歌的优良传统。

四

才力应难跨数公，凡今谁是出群雄？
或看翡翠兰苕上，未掣鲸鱼碧海中。

此诗前两句意为：就"才力"而言，当时一般的文人超不过庾信、"四杰"等前人，当今有谁可以称得上出类拔萃、超群出众的雄才？后两句意为：有时偶尔可以看到

"翡翠戏兰苕"之类的小玩意儿,却看不到"掣鲸"于"碧海"之中那样磅礴的大场面。

在这首诗里,杜甫指出当时文人缺乏恢宏的气度,没有能力来把握重大的社会题材,只是在创作中工于摹写景物,研揣声律,追求纤巧。杜甫希望诗人们提高认识现实、反映生活、驾驭艺术的能力和水平,写出内容充实、境界壮美的诗篇。

五

不薄今人爱古人,清词丽句必为邻。
窃攀屈宋宜方驾,恐与齐梁作后尘。

此诗前两句意为:我既不轻视今人的作品,还喜欢古人的作品,只要有清词丽句就必定是我的芳邻。后两句意为:你们(轻薄之辈)一心要高攀屈原、宋玉,与他们齐名,这无可非议,但应当具有和他们并驾齐驱的能力,若不如此,尽管你们看不起齐梁文风,恐怕还得落在他们的后面呢。

这首诗鲜明地表达了两点:一、可以"爱古人"但不可"薄今"。前人、今人的清词丽句,皆宜撷取。二、追攀屈宋，一定要从精神实质上着眼，与之并驾齐驱。如果只从形式上着手，讲究辞藻格律，结果就不免要步齐梁的后尘。

六

未及前贤更勿疑，递相祖述复先谁？
别裁伪体亲风雅，转益多师是汝师。

此诗前两句意为：那些轻薄之辈赶不上前代有成就的作家，是事实，丝毫不用怀疑。轻薄之辈互相模拟，因袭成风，又怎能分出谁先谁后呢？后两句意为：应当识别并排除"伪体"（即内容形式都不好的仿制品），对《风》《雅》这样的优秀作品，更要好好地学习。如能坚持多方面而又虚心地向前贤学习，老师就会越来越多，而这种态度也就是你的真正的老师。

在这首诗中，杜甫提出了自己的"别裁伪体"和"转益多师"的看法，这是一种卓越的见识。"'别裁伪体'和'转益多师'是一个问题的两面。'别裁伪体'，强调创造；'转益多师'，重在继承。继承和创造是否有矛盾呢？在杜甫看来，两者之间的关系是辩证的。'转益多师是汝师'，即无所不师而无定师。这话有好几层意思：无所不师，故能兼取众长；无定师，则不囿于一家之言，一偏之见，虽然继承传统或借鉴别人，但并不妨害自己的创造。此其一。只有能'别裁伪体'，才谈得上'转益多师'；否则真伪不分，胸无定见，根本就不知何所师，更不知如何'转益'。这是二。无所不师而定师，必须是善于从不同的角度学习别人的成就，那么吸取的同时，也就有所扬弃。这是三。批判与接受、创造与继承相结合，熔古铸今，把自己的艺术修养建筑在一个广博深厚的基础上，这乃是'转益多师'的精神之所在。杜诗中评论到古代和近代以及同时的作家，不胜枚举，其'乐取于人以为善'的态度，无一不是从'转益多师'出发的。然而从对不同对象的不同的提法中，不难看出节而取之的微意，杜甫不是全盘接受论者。他说：'读书破万卷，下笔如有神'。这'下笔如有神'，正是'转益多师'，含英咀华的结果。作诗到了'下笔有神'的境地，则七宝楼台，弹指即现，无论'翡翠兰苕'的清丽，抑或'鲸鱼碧海'的瑰奇，如地涌泉，遇境即际，无施而不可了。"（马茂元《论〈戏为六绝句〉》）

后记

父爱如山

自从我出世以来,几乎就没有与父亲分开过,风雨同舟五十载。他的突然离世是我一生之痛,至今也难以释怀。

父亲教了大半辈子的书,桃李满天下,写了一生的文章,硕果累累。他在书法、篆刻方面也颇有造诣。父亲的性格向来耿直,洒脱乐观,具有很强的韧性,好像从来没有什么困难可以打倒他。父亲说起话来儒雅而不失风趣。在物质上,他总是秉承勤俭节约的习惯,就连一双袜子缝缝补补,也可以穿上十几年。生活中他喜欢自由自在,不拘小节,喝茶抽烟,餐餐不离咸菜、辣椒,特别爱睡懒觉,就连早饭都不愿意吃,有时为了写作,甚至可以通宵达旦。

父亲出生于乱世,由于我的爷爷长年在外从军,生死未卜,因此他从小就缺失父爱,与不识字的奶奶相依为命。父亲经常和我说起他儿时求学的经历。据他讲,因为家境贫寒交不起学费,所以每次开学都必须等到其他同学开学后，在校长的过问下，他才可以去上学。没有笔，他就捡别人不要的笔头，在上面绑根小木棍继续用。没有本子，他就去收集一些废纸，甚至到街上去捡冥纸，用针线缝起来当作本子用。买不起书，全凭上课认真听讲，不漏过课堂上老师说过的每一个字。最难熬的是冬天，坐在教室里饥寒交迫，于是他就想办法找几块破棉絮，塞在衣服里面来御寒。正如父亲所言："小时候我过着衣不遮体、食不果腹的生活，简直苦不堪言呀！"父亲还说，去往学校的路上要经过一条市河，名为玉带河。河的对面有一座侵华日军的兵营，门口持枪站岗的日本兵目露凶光，枪上的刺刀透着寒光。每天上学路经此地，都让年幼的他害怕至极，只得小心翼翼地通过。即便如此，父亲没有选择退缩，坚持完成了学业。

十六岁那年，父亲被芜湖师范学校录取。当收到录取通知书的那一刻，他感慨道："这回终于可以吃上饱饭了。"学习期满，他被分配到芜湖第二中心小学教书。一九五六年父亲考入了安徽师范学院（今合肥师范学院）中文系，一九六〇年毕业后，他先是在庐江县矾山中学任教，后来又参与创办砖桥中学，并且在此教学生活将近六年，时间虽短，却是他整个执教生涯中最为开心的时光，同事之谊、师生之情,总是他津津乐道的话题。因为需要照顾家庭,一九七五年初父亲申请调回原籍,在当涂黄山中学工作,直至一九九六年三月在当涂一中退休。

我的父亲虽然是一位老师,但是他在教育子女方面并没有什么苛求,他说:"松树就是松树,鲜花就是鲜花,小草就是小草,它们各有各的特色,无须强求,顺其自然为好。"我由一个从小就不爱学习的人,最终能成为一名中医大夫,这与父亲对我的谆谆教诲是分不开的。那时候,我初入社会,因为没有学历,所以在工作上处处碰壁,不免情绪有些低落。父亲鼓励我说:"小三子(我的小名),没事的,不行你就回来,只要家里有饭,就不会让你饿着。"这个时候我才清醒地认识到,父亲是我不可或缺的依靠,家庭才是我停泊的港湾。失业在家后,我开始反思其中的原因,父亲见此情形,就引导我读一些哲学方面的书。记得,有一天早上,父亲还没有起床,我便兴冲冲跑进他的房间。"爸爸,爸爸,什么是'形而上学'呀?"父亲听闻此言,赶紧起身,一边穿衣服,一边说道:"孺子可'救'也,听我慢慢道来……"后来,父亲见我对中医有点兴趣,便建议我自学中医。我苦笑道:"爸爸,中国医学博大精深,你儿子觉悟得太迟了,况且文化层次又低,自学中医,谈何容易，如果早上十年、八年的还差不多……"没想到他一脸严肃地跟我说："你强调的理由不正确！早觉悟当然要比晚觉悟好，但是晚觉悟总比不觉悟要好。孔子说得好：'朝闻道，夕死可矣！'学习没有迟早，活到老，学到老。你看我都这么大年纪了，还不是每天坚持看书写字，你年纪轻轻的有什么理由不学习呢？"吃过晚饭，他又把我叫到跟前，语重心长地问我："小三子，你知道我们吃饭是为了什么？""为了活着啊！这有什么好奇怪的。"我迫不及待答道。"那反过来说，我们活着仅仅就为了吃饭？"父亲反问道。看着他凝重的脸庞，我才顿然领悟。从那之后，我便一心一意地开始研习中医。有一次，我为上班时间不能看书而感到苦恼，父亲知道后对我说："既然上班时间不能看书，那你就背书嘛！在求知的道路上，只要你想学，没有什么困难可以阻止你，我帮你把中医的一些经典条文摘录到小本子上，只要一有空你就掏出来背背。"就这样，在父亲的建议下我足足背了三年书，这段经历对我后来从医帮助很大。正式坐诊后，父亲看到许多患者给我送来锦旗。他很欣慰地跟我讲："小三子，医者仁心，你要多做善事，多读经典，多思考，提高临床水平，不要辜负患者们对你的期望！""知道了爸爸，您放心好了，我会继续努力的。"我回答道。

闲暇之余,我很喜欢向父亲讨教问题,他的回答总是出人意料,让我回味无穷。譬如有一回我问父亲:"爸爸,我知道年轻时,您就爱好诗歌,和诗结了缘。您能解释一下诗歌这种体裁为什么会经久不衰呢?"

"这是因为,心灵渴望表白嘛!"父亲答道。

"爸爸",我又问道,"古往今来有许多诗人在其作品中,时常流露出他们在情感上的痛苦,这又是为什么呢?"

"痛苦,往往是一种高尚的情感。"父亲若有所思地回答道。

"那为什么有的人情感高尚,而有的人情感庸俗呢?"我接着问道。

父亲笑呵呵地答道:"你看,蜜蜂飞向花丛,而茅坑里的蛆是多么的自由与烂漫啊!"

"自由、烂漫,哈哈哈……"我笑着说道,"爸爸,您的回答简直妙不可言呀!"

……

父亲临终前的一天下午,我见他精神稍好一点,便把他的头揽到自己的怀里,轻轻地拍着他的肩膀。此时父亲很乖，就像一个听话的孩子，他闭着眼睛，静静地听我回忆过往。"爸爸"，我轻声地说道，"一直以来，我常常问自己一个问题，假如用一个字来概括您在我心目中的地位，那会是什么字呢？我思考了很久，直到今天我才有了肯定的答案，我现在就把那个字告诉您，那就是'山'字，大山的'山'，父爱如山的'山'。我只想您能好好地活着，其他的一切对我来讲都微不足道。爸爸，我好爱您！"听到这里，我看见爸爸微微地睁开了双眼，他回头望了望我，眼睛里透着光。此时此刻，我强忍着泪水，我心里清楚地知道，不管我有多么不舍，爸爸和我相处的时间已经所剩无几了，我多么渴望时间能走得慢一点，再慢一点……

我的父亲长期从事文学理论研究，擅长诗歌赏析，发表过一百八十多篇文章，分别载于《光明日报》《文论报》《人民文学》《语文教学与研究》《语文月刊》《语文天地》《写作》《阅读与写作》等多家报刊。曾先后出版过六部著作，就是在他人生最后岁月，仍然笔耕不辍。他生前常对我讲："君子有三立，立德、立功乃圣贤豪杰之所为，我一介书生，不才，只能以立言为己任。"故在文学创作上搭建自己的"七级浮屠"是他一生之夙愿。但令人遗憾的是，直至他老人家离世，最后一部书稿《诗学漫步》尚未出版。为了实现家父之遗愿，在徐鹏飞同学和韦金山主席的鼎力支持下，本书才得以问世，韦主席并欣然为之作序。对于他们的帮助，我感激不尽！

父亲大人，书既已出版，您老可以心满意足了！

谨以这首小诗寄托我对父亲的哀思：

父亲是一座山
只有站在他的肩膀上
我才能够站得更高

父亲是一盏灯
只有借助他的光芒
我才可以看得更远

父亲更是一首诗
只有走进他的心田
与他对话
我才渐渐地读懂了他

如今父亲已经走了

山塌了

灯也灭了

但 诗仍在

贡海鹏

二〇二四年五月十三日于当涂姑孰